Desejo de Liberdade

Nova Ortografia:

Livro revisado de acordo com o

Novo Acordo Ortográfico da Língua Portuguesa.

Dados Internacionais de Catalogação na Publicação (CIP)
(Câmara Brasileira do Livro, SP, Brasil)

Dias, Ricardo
Desejo de liberdade / Ricardo Dias.
Catanduva, SP : Instituto Beneficente Boa Nova,
2009.

ISBN 978-85-99772-31-7

1. Ficção brasileira I. Título.
09-06517 CDD-869.93

Índices para catálogo sistemático:
1. Ficção : Literatura brasileira 869.93

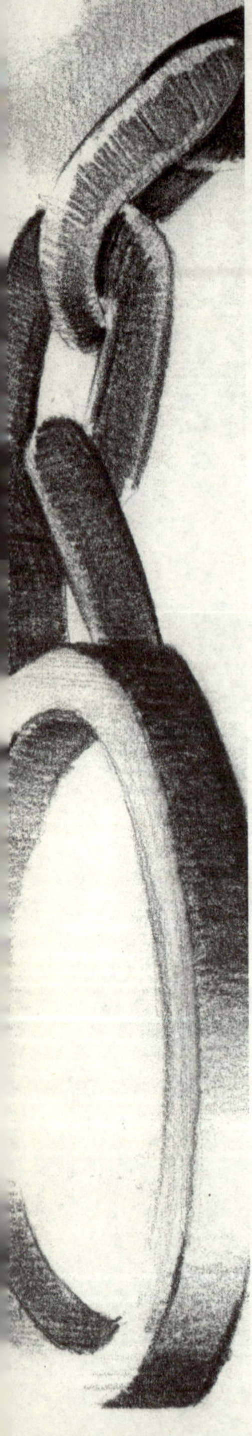

Desejo de Liberdade

Desejo de Liberdade

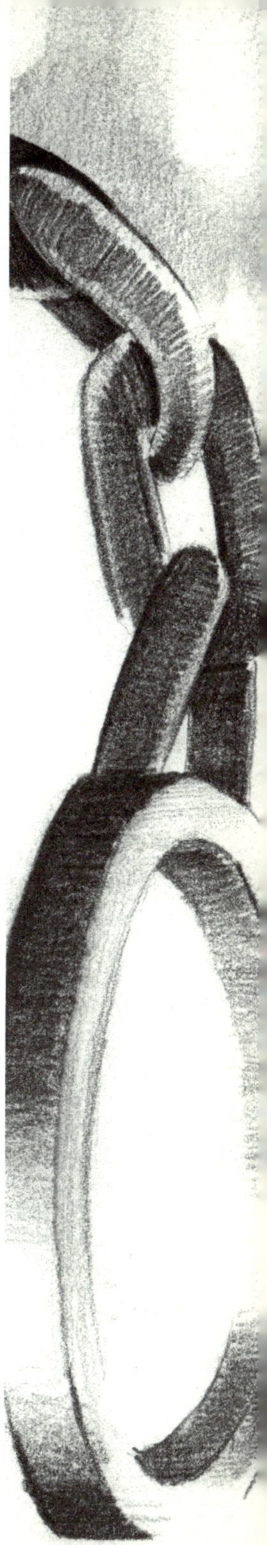

Introdução

Sentado nesta cadeira, na varanda da casa da fazenda que herdei de meu pai, começo a recordar o tempo em que minha vida realmente tomou sentido.

Há quase cinquenta anos (eu tinha dez na época), minha vida era muito entediante.

Meu pai era o barão de Castela. O nome se originou pelo fato de os meus avós terem vindo desta região da Itália para o Brasil. Ele era um homem muito fechado e sério. Dificilmente alguém conseguia mudar o seu ponto de vista: era irredutível nas suas convicções e tenaz em suas atitudes, porém sabia ser justo quando necessário.

O título de barão era pelo motivo de a nossa fazenda ser uma das maiores produtoras de café e açúcar do interior de São Paulo. Tínhamos inúmeros escravos, coisa que eu não entendia muito bem, naquela época.

Minha mãe vinha de uma família tradicional, da qual saíram

inúmeros barões e políticos importantes. Ela era uma boa pessoa, porém extremamente cuidadosa com relação ao nosso comportamento perante a sociedade. Tudo tinha que ser de acordo com as tradições e costumes dos aristocratas e pessoas de poder econômico elevado como o nosso. Os escravos eram tratados por ela com uma distância muito grande. Ela não gostava de se dirigir diretamente a eles; passava suas ordens indiretamente à Rosa, nossa governanta.

Rosa fazia jus ao nome: era uma negra daquelas que transbordava afeição e carinho. Tinha sido nossa ama, por indicação de minha avó materna, desde que nascemos, eu e minha irmã. Ganhou a confiança de minha mãe e, a partir daí, assumiu a função de governanta. Minha mãe já não a tratava como a uma negra, conforme fazia com os demais. O interessante era que Rosa tratava seus irmãos de cor sem prepotência alguma, com igualdade e carinho. Era impossível não gostar dela.

Minha irmã Júlia tinha três anos na época e era o mimo da minha mãe. Desde cedo estava sendo preparada por ela para ser a futura baronesa. Era alegre, como toda criança nessa idade, porém não conseguíamos brincar juntos por muito tempo.

Meu nome é Valentino, pois meu pai resolveu homenagear ao meu avô, pai dele. Eu era uma criança alegre, mas algo me incomodava: devido a nossa posição social tínhamos uma disciplina muito rígida por parte dos nossos pais. Eu não tinha nenhum amigo da minha idade para brincar, a não ser naquelas reuniões organizadas pela minha mãe, quando vinham outros barões e políticos conhecidos de nossa família, acompanhados de suas esposas e filhos, os quais eu achava muito arrogantes e chatos.

Uma vez fiquei de castigo vários dias por ter atingido, com um soco no nariz, o filho de um deputado. Ele desrespeitou Rosa na minha frente, chamando-a de "negra suja". Ela fez que não notou, mas eu não; dei-lhe um soco com todas as minhas forças.

O nariz dele sangrou muito.

Dá para se imaginar a reação da minha mãe. Ela comunicou meu pai que, enquanto a criadagem acudia o garoto, trancou-me no quarto de castigo, dando-me várias palmadas. Após algum tempo notei que o barulho vindo do grande salão de festas da casa voltava ao normal, o som do conjunto de música clássica voltou a tocar e o murmúrio das conversas era o usual.

Deitado em minha cama, ainda dolorido das palmadas do meu pai, eu me sentia muito bem. Este ato quase que por reflexo começou a me demonstrar o quanto Rosa ocupava o meu coração e a minha forte ligação com as pessoas dessa cor.

Passado algum tempo, eu já quase adormecendo, ouvi o barulho de alguém abrindo a porta. O medo tomou conta de mim; devia ser meu pai ou minha mãe para tomar satisfações do meu ato. À medida que a porta se abriu, vi ver que não se tratava de nenhum dos dois: era Rosa, trazendo um pratinho com doces e um pouco de comida da festa. Ela me olhou com aquele olhar meigo e disse:

– Oi, meu pequeno, você não deveria ter feito aquilo. Acabou apanhando por minha causa. Trouxe uns docinhos para você.

E eu lhe respondi:

– Ele não podia ter lhe dito aquilo. Você não fez nada a ele, eu vi isso...

E ela, com toda a sua ternura, falou:

– Eu já estou acostumada com isso. Nós, negros, sofremos esse tipo de agressão a toda hora. Desde pequeno é assim, e a gente acaba se acostumando e ignorando.

Era um anjo negro de asas brancas. Sua bondade era inacreditável. Sentada em minha cama, ela me puxou e deitou minha cabeça em seu colo. Tirando de dentro do meu coração eu lhe disse estas palavras:

– Ninguém jamais vai ofender você na minha frente, seja

quem for...

Ao terminar de falar, já estava soluçando. Chorei como nunca tinha me acontecido antes, coloquei para fora toda a minha angústia, minhas dúvidas e minha ira para com o mundo.

Ela continuou afagando meus cabelos e eu adormeci em seu colo. Acordei já na manhã seguinte.

Da janela do meu quarto dava para ver a plantação de café se estendendo até a linha do horizonte, parecia que ia até o fim do mundo. Do lado oposto da casa estava o canavial, destinado à fabricação de açúcar e comida para o gado.

Pelas proporções da fazenda de meu pai eram necessários vários escravos para desenvolver o trabalho. Não sei ao certo quantos eram, mas lembro que eram muitos.

Coordenar tantas pessoas não era tarefa fácil. Havia uma equipe para cuidar disto, e o chefe deles era o pior de todos. Eu não tinha liberdade de andar pelas áreas onde os negros residiam, mas sempre ouvia um ou outro comentário das mucamas que cuidavam da minha casa sobre os maus tratos aplicados aos escravos pelo feitor.

Seu nome era Diogo. Uma figura estranha, aquele tipo de pessoa que você se sente mal só de olhar para ele. Eu tinha medo dele também, mas meu pai não permitia que o feitor viesse à nossa casa. Quando tinha algum assunto a ser tratado ele dava um jeito de avisar o meu pai, que ia ao seu encontro, no terreiro de secar o café.

Não demorou muito e minha mãe entrou no quarto. Sua cara era de poucos amigos, e foi logo me dizendo:

– Que papel ridículo você nos fez passar ontem à noite. O filho do deputado Figueira ficou com o nariz sangrando um tempão. Seu pai disse hoje pela manhã, no café, que você ficaria uma semana de castigo.

Isso caiu como uma bomba para mim. Eu estava no período

de férias escolares, e perder uma semana seria terrível. Eu não gostava da escola. Ela funcionava numa casa da nossa fazenda, que meu pai forneceu, e os alunos eram os filhos dos barões e de figuras importantes da região.

– Mas mãe...(tentei argumentar, mas ela me interrompeu)

– Ele só resolveu mudar o tempo do castigo porque a Rosa nos disse que você queria um pedido de desculpas do filho do deputado, pois ele a tinha ofendido sem razão. Você ficará dois dias de castigo, e não vamos falar mais nisto.

Rosa tinha me salvado novamente. Dificilmente meu pai concordava que alguém lhe contestasse alguma ordem, mas nem mesmo ele era capaz de ficar alheio à ternura de Rosa.

Eu só saía do meu quarto para fazer as refeições, para ir ao banheiro e tomar banho. Nestes dois dias fiquei observando o mundo da minha janela, e algo me chamou a atenção. Normalmente os negros trabalhavam sob vigilância e, nas horas determinadas, as crianças podiam levar-lhes comida.

Alguns deles tinham os pés acorrentados. Essa visão me incomodava muito. Por que alguém teria que ficar assim?

Mas não foi isso que me mais me empressionou, e sim um garoto que aparentava ter mais ou menos a minha idade, e andava entre eles distribuindo as refeições. Tinha sempre um sorriso no rosto que me indignava.

Como pode alguém em condições tão sofridas ter tanta alegria? Provavelmente logo ele também começaria a trabalhar duro, pois era assim com os escravos. Ao atingirem certa idade tinham que começar a trabalhar.

Mas ele tinha algo mais: a transparência da alma. Era o tipo de pessoa de quem você se tornava amigo só de olhar. Naquela época ainda, para mim, ele representava a chance de ter alguém para brincar.

Nestes dois dias, através da minha janela, vi várias vezes esse menino perambulando pela fazenda espalhando sua alegria. Como estava de castigo, minhas refeições eram feitas após os meus pais terem saído da mesa. Era uma regra imposta por ele.

Mas eu não ligava, pois era Rosa que me servia e ficava comigo. Perguntei a ela sobre o menino, mas ela me disse que não conhecia muito bem as pessoas que ficavam na senzala, pois quase não saía da casa grande, por ordens da minha mãe.

Os dias foram passando e eu continuava com meu objetivo: conhecer aquele menino.

O destino nos aproxima

Já havia passado uma semana. Meu pai já me olhava de maneira melhor, eu já fazia minhas refeições com minha família, e Rosa sempre me dava um sorriso quando estávamos na mesa.

Era o mês de julho. Desde o início do ano, nas festas que minha mãe organizava, e mesmo quando outros ilustres visitavam a minha casa para tomar um café, meus pais comentavam a respeito de uma viagem que eles estavam planejando. Estavam dispostos, eles e alguns amigos, a irem no final do ano até o litoral, para conhecermos o mar.

Isso para mim não tinha grande conotação, pois eu não fazia ideia da grandeza da natureza com relação ao oceano, mas de qualquer forma comecei a embalar também esse sonho.

Não raro o dr. Willianson visitava a minha casa. Ele já havia feito uma viagem de barco e era o principal incentivador desse projeto. Notava como os adultos ficavam prestando atenção aos seus relatos, como crianças quanto alguém fala sobre uma casa feita de chocolates e cheia de doces por dentro. Às vezes eu também ficava ouvindo suas histórias a respeito do mar, seus mistérios e sua grandeza, e minha mente viajava como os demais. Afinal, só conhecíamos o mar por relatos.

Numa destas tardes de domingo, quando meus pais estavam recebendo os amigos idealizadores da viagem, eu me aproveitei e saí para andar sozinho pela fazenda. Tudo estava na maior calma. O feitor tinha ido à cidade. Eu ouvi quando ele disse ao meu pai que iria.

Resolvi dar uma olhada como era a senzala, já que a situação era propícia. Para se chegar até lá passava-se antes pelas moradias do feitor e de seus empregados. Resolvi dar a volta pelo cafezal para não ser visto por algum deles.

Era bem diferente olhar os pés de café assim tão próximos. Estava achando muito interessante. Foi quando ouvi um som diferente, que não me era familiar. Parecia um chocalho. Olhei para o chão e vi uma enorme cascavel, enrolada e balançando a cauda. Só aí identifiquei o barulho. Seus olhos e o som me deixaram imóveis, quase que hipnotizado. Não conseguia me mover, minhas pernas tremiam. Só notava que ela se encolhia como uma mola, pronta para se soltar na minha direção.

De repente um som assustador. Parecia que estavam derrubando o pé de café. Como um raio negro, vi alguém surgir num salto e se lançar sobre a cobra dando-lhe uma paulada certeira na cabeça. Meu coração estava saindo pela boca.

Quando recobrei a calma, pude ver aquele sorriso que me intrigara na janela, agora bem próximo de mim. Era o tal menino. Seus dentes brancos contrastavam com sua pele negra, e de perto o efeito era mais intrigante ainda. Ele me olhou e disse:

– Essa foi por pouco. Há dias eu estava atrás dela. Ela já assustou várias pessoas que lidam com o café, por sorte não picou ninguém. Você está bem?

Eu devia estar branco como uma vela, e respondi:

– Sim, só que eu nunca tinha visto uma cobra assim tão perto. Você me salvou a vida. Obrigado.

– Não foi nada, mais cedo ou mais tarde eu iria pegar ela. Mas o que você está fazendo aqui? Você não é o filho do barão?

– Sou sim, queria ver onde vocês moram, por isso estava vindo por aqui. Não queria ser notado – respondi meio sem graça.

Ele me olhou bem nos olhos e perguntou:

– Você não queria ser notado pelos seus pais ou por nós, negros?

– Acho que pelos dois!

Minha sinceridade o convenceu, e ele me falou:

– Eu gostei de você. Quer ir comigo e ver onde vivemos?

Às vezes na vida não temos tempo para o raciocínio, e respondi:

– Quero, mas antes me diga qual o seu nome? O meu é Valentino.

– Eu me chamo Guantamo – disse ele sorrindo.

E me estendeu a mão para um aperto. Retribuí e lhe sorri também. O tempo acabara de selar nossa amizade.

A visão da realidade

Ao seguir adiante com ele, meu medo aumentava. Primeiro por não saber como seria a visão do lugar e segundo por pensar na reação do meu pai se soubesse da minha atitude.

Andamos um pouco entre os pés de café, passamos perto de um riacho, em cujas margens havia algumas mulheres lavando roupas, e seguimos a pequena estrada rumo à senzala. Na minha cabeça eu não sabia muito bem o significado desta palavra.

Enfim chegamos. A visão a princípio me assustou. Vários negros, acorrentados e machucados, olharam para mim como se odiassem todos os meus antepassados. Perguntei a Guantamo qual a razão de aqueles homens estarem acorrentados, e ele me falou:

–Todos eles tentaram fugir e foram recapturados pelo feitor e seus capangas. Foram castigados e agora trabalham dobrado e com os pés acorrentados.

Até então eu achava que era do agrado de todos trabalharem na fazenda de meu pai, e comentei:

– Por que motivo eles quiseram fugir? E para onde iriam?

– Cansaram dos maus tratos e resolveram fugir para os quilombos, mas não conseguiram.

– Quilombos? O que é isto?

– São locais onde os negros que conseguem fugir passam a viver formando uma comunidade. O problema é que a maioria que foge das fazendas não tem ideia de onde estão localizados exatamente os quilombos. E acabam sendo recapturados pelos feitores.

A realidade se apresentava à minha frente e não era nada agradável. À medida que fomos entrando na senzala, os olhares dos negros recaíam sobre mim como punhais sendo arremessados. No entanto, pude perceber o medo também em seus rostos. Não sei se todos sabiam que eu era filho do barão, mas, com certeza, um branco andando por ali não era bom sinal.

Chegamos à frente de uma cabana, muito simples, onde Guantamo chamou pela mãe. Logo sua mãe surgiu, e eu vi o pavor estampado no rosto dela. Ela me conhecia, certamente, e falou com a voz trêmula, os olhos cheios de lágrimas:

– Guantamo, o que aconteceu? O que você fez, meu filho?

E antes que ele respondesse, falei:

– Ele salvou minha vida. Se ele não tivesse matado aquela cobra, provavelmente eu estaria morto agora.

Mesmo com as minhas palavras, pude notar o seu desespero.

– Você é o filho do barão e se o feitor ficar sabendo que ele trouxe você aqui irá castigá-lo.

Tentando acalmá-la eu lhe disse:

– De jeito nenhum, meu pai não permitiria isso!

Nesse momento Guantamo falou:

– Calma, mãe, Valentino é meu amigo agora. Ele queria conhecer onde vivemos e eu resolvi lhe mostrar.

– Não sei se pai aprovaria isso – disse ela olhando para mim.

– Ele não sabe e não precisa saber. Além disso, duvido que ele faria algum mal a quem salvou a vida do seu filho – disse-lhe eu tentando acabar com o impasse.

Então, um pouco mais calma, ela me convidou a entrar em sua humilde casa, mas pediu que fosse breve para que os outros não acabassem sofrendo alguma punição pelo nosso ato.

O lugar era muito simples e pobre, no entanto eu me senti muito bem ali. Tinha alguma coisa diferente que eu não sentia na minha casa.

Então Guantamo começou a me mostrar a sua moradia e relatar algumas passagens de vida deles. Eu conseguia ouvir o murmúrio lá fora. Os outros negros estavam aflitos com a minha presença. Também, pudera, mais tarde vim a saber que qualquer coisa era motivo para eles serem açoitados e acorrentados pelo feitor.

Só então entendi o significado daquele enorme tronco na entrada da senzala, com correntes onde os negros eram amarrados e espancados.

Depois de passado algum tempo, Guantamo me disse:

– Venha, quero lhe apresentar meu avô. Ele é o negro mais velho de nossa aldeia. Veio há muitos anos da África trazido pelos mercadores de escravos. Ele ainda não fala muito bem nossa língua.

Segui-o e entramos num pequeno cômodo. Lá no fundo, fumando um cachimbo, estava sentado, um senhor muito velho. Seus cabelos eram totalmente brancos, como algodão, seu rosto tinha muitas rugas, com certeza, sinais de uma vida sofrida e difícil.

Ao nos aproximarmos, Guantamo falou:

– Vô, esse é meu amigo Valentino. Ele é filho do barão.

Ele me olhou com seus olhos negros, abriu um sorriso iluminado. Senti a bondade emanando daquele senhor.

Ele estendeu sua mão a mim. Retribuí o gesto e senti na pele todas as marcas que a vida lhe fez. Sua mão era áspera, cheia de calos e cicatrizes e também tinha um calor como nunca havia sentido antes.

Ele tomou minha mão e deu um beijo sobre ela. Então me olhou e disse algumas palavras que eu não entendi:

– Watasi Urerê ! Watasi Urerê !

A mãe de Guantamo, que nos acompanhava, falou:

– Ele fala muitas coisas na sua língua de origem africana. Não sei por que, mas ele o chamou de A GRANDE ESPERANÇA!

Achei estranho tudo aquilo e, num gesto quase de retribuição, beijei a mão do velho ancião e me afastei.

Guantamo sorriu e beijou a testa do avô, que com muita alegria o abraçou.

De repente me lembrei que meu pai poderia estar à minha procura e falei a Guantamo:

– Preciso ir, meu pai pode estar me procurando. Qualquer dia eu volto aqui.

Despedi-me de todos e fui saindo, enquanto ouvia o avô de Guantamo dizer:

– Watasi Urerê ! Watasi Urerê !

Aquelas palavras ficaram gravadas na minha mente.

Aquele senhor não tinha ideia da responsabilidade que ele acabara de depositar em meus ombros.

Conforme fui passando pela senzala, notava que os negros se afastavam com medo, tentando se esconder.

Guantamo me acompanhou até a entrada, onde havia aquele enorme tronco em que os negros era açoitados. Ele parou por ali, enquanto eu seguia o caminho de volta.

Após caminhar alguns metros me virei para dizer adeus, olhei e tive a visão dos extremos daquele lugar. Primeiro o tronco, que simbolizava tudo que havia de ruim, a dor, o castigo, as injustiças e a ameaça contra suas vidas; e ao seu lado, Guantamo sorrindo, simbolizando os sonhos de liberdade e de melhores dias para aquela gente.

Acenei com a mão e ouvi Guantamo dizer:

– Até logo, Urerê! Volte quando quiser.

Desde essa época, ele nunca mais me chamou por Valentino.

Meus primeiros atos

Quando cheguei à minha casa, já estava entardecendo. As visitas tinham ido embora e meu pai estava à minha procura.

Tentei entrar sem ser notado, mas não deu. Encontrei meu pai no meio da sala com a mão para trás. Com um ar de preocupação ele me perguntou:

– Por onde você andava? Procurei-o pela casa toda, as visitas queriam se despedir de você.

– Resolvi andar um pouco lá fora, fui caminhar entre os pés de café – disse-lhe meio sem graça.

– Já lhe falei para não sair por aí sozinho. Você não está acostumado e pode se dar mal. Pode encontrar algum perigo por aí ou algum escravo rebelde.

Tinha a intenção de não comentar o ocorrido com ninguém, mas as palavras de meu pai, referindo-se aos escravos como uma ameaça, me deixaram transtornado, pois tinha acabado ser salvo por um deles. Fiz um certo silêncio e falei:

– Estava andando pelos pés de café quando surgiu uma enorme cascavel. Fiquei paralisado de medo, não conseguia me mover. Antes que eu pudesse continuar meu pai me interrompeu, muito bravo:

– Eu não lhe disse? Você não conhece os perigos desta fazenda.

De repente sua fisionomia mudou. Talvez ele tenha atentado ao verdadeiro risco que eu acabara de sofrer. E me perguntou:

– Como que você se safou dela? Diga.

Nesta altura ele havia colocado as duas mãos nos meus ombros.

– Fui salvo por um menino negro, filho dos escravos. Ele se lançou sobre ela e lhe deu uma paulada certeira na cabeça. Ela ainda está lá, se o senhor quiser confirmar.

Resolvi que deveria contar minha experiência somente até este episódio e não a minha visita à senzala.

Meu pai era uma pessoa muito austera e rígida, mas era também um homem justo. Notei que de alguma forma ele estava grato pelo que tinham feito por mim. Com um semblante mais calmo, comentou:

– Gostaria de que você me mostrasse o local onde a cobra está, amanhã bem cedo. Se realmente foi isso que aconteceu, você tem uma dívida com esse garoto.

Durante o jantar meu pai voltou a abordar o assunto, na presença da minha mãe, a qual fez um breve comentário. Em seguida me chamou a atenção por ter saído sem avisar ninguém. Sua imparcialidade talvez se deva ao fato de ter sido um escravo que me salvou. Com certeza, se tivesse sido o filho de alguém importante, teríamos passado todo o jantar comentando a respeito.

Antes de dormir pensei muito a respeito e em como eu poderia tirar proveito desta situação para aproximar meu novo amigo do meu convívio.

Na manhã seguinte, após o café, meu pai pediu para que eu lhe mostrasse o local onde a cobra havia me encurralado. Fiz o que ele me pediu e fomos até lá.

Ao chegarmos, ela ainda estava lá e o pedaço de pau também. Notei que meu pai ficou pensativo. Ele sempre andava com uma faca na cintura. Com ela ele cortou uma espécie de chocalho que a cobra tinha no final do rabo.

Assim que conseguiu retirar, ele me mostrou e disse que aquilo se chamava guizo e que cada anel correspondia a um ano de vida da cobra. Ela possuía cinco anéis. Comentou também que ela era muito grande e que eu tinha tido muita sorte de não ter sido picado.

– Quero conhecer esse garoto. Precisamos recompensá-lo de alguma forma. Vou pensar em algo – disse ele em tom autoritário.

Minha mente começou a trabalhar rápido e de repente me veio uma ideia:

– Por que não o levamos junto em nossa viagem ao mar, no final de ano? – perguntei a meu pai.

– Você ficou louco? Como poderia levar um escravo conosco?

Eu tinha que ser rápido e apresentar algum forte argumento:

– Vamos precisar de alguém para cuidar de nossa bagagem. Acredito que ele seja capaz disso. Além do mais, com certeza todos levarão algum de seus escravos para estas funções.

Fiquei notando a atitude de meu pai. Ele olhava para mim e para a cobra, repetidamente. Acho que de certa forma a cobra me ajudou. Num tom meio duvidoso ele me disse:

– Vou pensar a respeito. Primeiro quero ver esse garoto. Você sabe o nome dele?

Eu sabia que quando meu pai dizia que iria pensar, a ideia estava com cinquenta por cento de chances de ser aprovada. Ele não poupava um "não" quando determinada situação não lhe agradava.

– Sim, o nome dele é Guantamo.

– Vou pedir para o Diogo levá-lo em casa para conversarmos – disse meu pai.

Isso me fez tremer todo. O feitor com certeza iria achar algum motivo para maltratar meu novo amigo. Resolvi tentar mudar a situação, e disse:

– Não precisa ser o Diogo, podemos pedir para uma das mucamas ir chamá-lo. Elas o conhecem.

Nesse momento pedi ajuda aos céus para convencer meu pai, e ele respondeu:

– Está bem, vou falar para uma delas trazê-lo amanhã pela manhã.

Voltamos para nossa casa e pude ver meu pai se dirigindo a uma das mucamas para conversar sobre Guantamo. Naquela noite, durante o jantar, meu pai comentou o ocorrido à minha mãe e também minha sugestão para agradecer o feito do pequeno escravo.

Sabia que a ideia não seria do agrado dela, porém ela jamais diria alguma coisa contra o meu pai, pois da maneira que ele comentou os fatos estava clara sua intenção de levá-lo conosco na viagem.

Antes de dormir pensei muito a respeito e sobre algumas atitudes que eu tomaria a partir deste dia.

Na manhã seguinte estávamos na sala, após o café, quando a mucama entrou juntamente com Guantamo. Pediu licença e o deixou no centro da sala, bem à frente do meu pai.

Notei que ele estava muito nervoso, no entanto não deixou de sorrir, quando me viu no canto da sala, e de me cumprimentar. Antes disto ele já havia pedido licença a meu pai para entrar no ambiente.

– Meu filho me disse que você lhe salvou a vida, matando aquela cascavel no cafezal, antes que ela o picasse.

– Garanto que ele faria o mesmo – respondeu Guantamo.

– Talvez, mas de qualquer forma lhe devo esse favor. Gostaria de recompensá-lo.

– Não é preciso, fiquei feliz em poder ajudar. Além do mais, aquela cobra já havia assustado outras pessoas. Eu estava perseguindo ela há vários dias.

– Meu filho me deu uma sugestão. Faremos uma viagem no final do ano, até o litoral para vermos o mar. Vamos precisar de alguém para cuidar de nossa bagagem. Você gostaria de ir?

Guantamo sorriu como se houvesse ganhado a liberdade. Lembro-me de que no dia anterior ele comentou que seu avô tinha vindo para o Brasil em um navio negreiro, e tinha lhe contado muitas histórias a respeito do mar e de seus mistérios.

– Gostaria muito! – respondeu Guantamo.

– Sendo assim, estamos combinados. Pode ir agora. Passe pela cozinha e peça para Rosa lhe servir um café e algo para comer.

– Obrigado – agradeceu Guantamo, despedindo-se de nós e dirigindo-se até a cozinha.

Meu primeiro passo para ajudar os negros havia sido dado.

Notei que meu pai havia ficado pensativo, pois aquele menino negro o tratara com respeito, porém sem aquela reverência às vezes até excessiva dos escravos para com seus patrões. Havia algo de diferente nele.

Talvez tivesse a ver com os comentários que surgiam nas reuniões dos barões e das figuras importantes da região, a respeito de um movimento que tomava força na capital sobre a abolição da escravatura. Com certeza meu pai também estava avaliando as consequências disso em nossa fazenda.

Eu às vezes me divertia ao ouvir os comentários absurdos e as divagações a respeito da liberdade dos negros, nas reuniões em minha casa. Muitas daquelas pessoas eram totalmente inúteis, e se aterrorizavam só de pensar em ficar sem os serviços de seus escravos.

Para mim soavam muito bem essas ideias, porém eu não me atrevia a comentar nada a respeito em minha casa, a não ser para Rosa.

Minha mãe seria uma que sofreria muito se isso viesse a acontecer.

Quem também detestava a hipótese eram os feitores, pois os mesmos estariam sem função numa sociedade sem escravos.

Mas o processo era muito lento, pois dá para imaginar quantos seriam a favor deste comportamento. Era uma construção feita de tijolo em tijolo entre os simpatizantes, tentando conseguir novos adeptos.

A Viagem

Os meses se passaram. Às vezes eu saía para brincar e me encontrava com Guantamo. Explorávamos lugares na minha fazenda que eu jamais imaginava que existissem.

Brincávamos bastante e conversávamos também a respeito de nossas vidas e das relações dos brancos com os escravos. Ele também me contava as barbaridades que o feitor fazia com muitos deles, castigando e explorando aquelas pobres pessoas.

Sempre que podia eu tentava abordar alguma coisa com meu pai, porém tinha que tomar cuidado para que ele não percebesse que eu estava tendo com os escravos um contato além do que se julgava adequado.

Eu sabia que tais atitudes do feitor não seriam ordens de meu pai, pois apesar de ser rígido e disciplinador, ele não era uma pessoa má. Talvez o seu erro tenha sido dar autoridade demasiada a Diogo, que aproveitava para dar vazão à sua índole ruim.

Às vezes eu passava horas pensando numa maneira de reverter

esse quadro e ajudar aquelas pessoas. Mas era complicado romper aquela estrutura criada, não só na nossa fazenda como nas demais também. Mas eu não desistia.

Enfim chegou a hora de viajarmos em direção ao mar. Nossa ansiedade era imensa. Tudo preparado: as bagagens, as provisões e nossos sonhos.

É incrível o mar! Por mais que se fale, que se dê exemplos parecidos, não há coisa mais fascinante do que se deparar com sua imensidão azul, suas ondas, a areia, o vento no rosto e a certeza de que somos insignificantes perante a natureza.

Foram vários dias até chegarmos ao litoral. A viagem foi muito cansativa, porém todos estavam tão determinados que não se ouvia nenhum lamento.

O dr. Willianson havia contratado um guia para nos levar até lá. O nome dele era Jerônimo, e ele parecia uma mistura de lavrador com índio. Era uma pessoa muito agradável, e por toda a viagem ia nos mostrando as novidades e falando sobre elas com as pessoas.

O dr. Willianson mantinha uma certa pose, pois ela já havia ido até o litoral, tentava vez por outra, comentar sobre algum assunto, querendo mostrar conhecimento.

Ao descermos a serra, notamos muita diferença na vegetação, nos animais que de quando em quando apareciam e nos pássaros que víamos pelo caminho. Tudo era novidade, e Guantamo se mostrava muito feliz. Parecia estar mais adaptado com a região do que qualquer um de nós, a não ser por Jerônimo.

Enfim, depois de muito tempo chegamos ao pé da serra e podemos avistar o mar, com todo o seu poderio e majestade. Andamos mais um tempo por uma trilha e chegamos finalmente à praia.

As pessoas ficaram estáticas por um tempo, só observando, como se estivessem anestesiados. Eu também fiquei maravilhado. Apesar de todos os relatos que ouvimos nestes últimos meses, nada era comparado àquela visão.

Depois, aos poucos, todos foram se aventurando e se aproximando da água. Alguns tiravam os calçados, outros entravam como estavam. Jerônimo nos preveniu sobre os perigos das ondas e de se nadar muito distante da praia.

Minha irmã Júlia não largava da saia da minha mãe, que por sua vez segurava no braço do meu pai.

Guantamo estava ao meu lado e, como eu, estava maravilhado com tudo aquilo. Tiramos nossos sapatos e fomos andando lentamente entre as ondas. A sensação era incrível. De tanto ouvirmos falar, deixamos que água entrasse em nossas bocas para sentirmos se realmente era salgada.

Guantamo parecia muito sério agora. Ele estava sentindo algo que eu não percebera. Quando as ondas atingiram a altura do seu peito, a impressão foi a de que seu coração tinha recebido uma mensagem.

Ele olhava fixamente para o horizonte, como se estivesse enxergando algo além daquela imensidão de água. E disse:

– Meu povo está do outro lado destas águas. Um dia terei que atravessá-las.

Confesso que naquela hora não dei muita importância ao que ele havia dito, pois eu estava extasiado com tudo aquilo. Só muito tempo depois entendi a profundidade das palavras de Guantamo.

Brincamos mais um pouco e depois atendemos às ordens de meu pai para sairmos da água.

Por onde andávamos acontecia uma descoberta, como as conchas na areia, os mariscos, os caramujos. Nas águas transparentes podíamos ver uma enorme variedade de peixes coloridos e muito diferentes dos que conhecíamos dos rios.

Em determinado momento notei Guantamo recolhendo algumas conchas e guardando numa espécie de bolsa pequena, de tecido rústico, costurada à mão. Num pedaço de pano ele recolheu um punhado de areia, enrolou e guardou junto com as conchas. Notei que ele também trouxera uma espécie de vasilha com tampa, feito com uma cabaça. Nessa espécie de garrafa ele recolheu água do mar, tampou-a e guardou também dentro da bolsa.

Aproximei-me e lhe perguntei o porquê daquilo e ele me disse:

– Foi um pedido do meu avô. Ele me disse que gostaria de sentir mais uma vez o mar antes de morrer.

Aquilo me comoveu. Tentei disfarçar como se o vento tivesse jogado areia nos meus olhos, pois as lágrimas caíram. Sentados na areia, Guantamo me contou mais detalhes do sofrimento passado por seu avô no navio de escravos.

A angústia de ter sido tirado de seus familiares, como um animal caçado, e depois ser levado para uma terra tão distante sem a menor chance de voltar. Ser submetido a trabalhos extenuantes, agressões físicas e morais por todo lugar onde passava.

Talvez o contato com as substâncias do mar o levasse de alguma forma de volta ao seu lugar de origem, mesmo que espiritualmente.

Fiquei um tempo sentado na areia, contemplando as belezas do lugar e vagando em meus pensamentos. Relembrava os relatos de Guantamo e a fisionomia do seu avô, quando me recebeu com todo o carinho e me chamou de "grande esperança".

Fiz uma promessa a mim mesmo e pedi a Deus que me ajudasse a mandar um dia aquele bom homem de volta à sua terra.

Já estava ficando escuro. Jerônimo tinha feito uma grande fogueira na praia, sentamos à sua volta para fazermos nossa refeição. Aquela brisa úmida do mar e o barulho das ondas nos embalaram para dormir.

Foi inesquecível dormir olhando as estrelas no céu. Quantas vezes não damos conta e nos esquecemos de olhar para cima. Só assim percebemos o quanto somos pequenos perante o universo.

No entanto, fazemos parte dele e como os grãos de areia juntos podem formar a praia tão bela, nós também podemos nos unir por um mundo melhor.

Com o corpo cansado, mas muito feliz, eu adormeci...

A Febre

Depois de passarmos vários dias naquele paraíso, voltamos à nossa fazenda. A viagem de volta, como na ida, foi muito cansativa.

Desde os últimos dias no litoral, minha irmã Júlia estava meio indisposta, e só queria ficar no colo da minha mãe. Durante a viagem de volta ela vomitou muito e suou bastante também. O dr. Willianson a examinou e achou que não deveria ser nada grave, apenas uma indisposição devido à viagem.

Ao chegarmos à fazenda ela já apresentava um pouco de febre, o que começou a preocupar os meus pais. Naquela noite, minha mãe tentou de tudo para conter o avanço da febre, mas era inútil, ela aumentava a cada hora.

Logo pela manhã meu pai saiu à procura do dr. Willianson, voltando com ele logo em seguida. Ele examinou Júlia, mas era nítida a sua preocupação também, pois os sintomas apresentados pela minha irmã não correspondiam a nenhum outro caso tratado por ele.

Minha mãe seguiu as recomendações médicas, mas de nada adiantava, a febre continuava avançando. Já era tarde da noite, quando meu pai foi buscar novamente o dr. Willianson.

Notava que meus pais estavam muito preocupados. Por várias vezes encontrei minha mãe chorando pelos cantos da casa. Minha irmã começava a entrar num sono profundo, quase já não ficava acordada e eu sentia que o anjo da morte por ali rondava.

Naqueles dias quase não saí de casa; não vi Guantamo nem mesmo na hora das refeições dos escravos.

Durante toda aquela noite o dr. Willianson passou ao lado da cama de minha irmã, tentando tudo que era possível, utilizando todos os seus conhecimentos.

Nada conseguia conter aquela febre. Quando o dia amanheceu, ele desceu do quarto e nos encontrou na grande sala. Sua fisionomia era aterradora. Parecia que tinha travado uma luta corporal com alguém muito mais forte que ele. Meu pai, ao vê-lo caminhar em nossa direção, deu um salto e perguntou:

– E aí, doutor, como ela está?

– Tentei tudo que podia e que estava ao meu alcance, infelizmente não consegui reduzir nada dessa maldita febre. Creio que ela talvez tenha sido picada por algum mosquito daquela região. Ela está entrando em coma, já não responde aos reflexos. Sinto não poder fazer mais nada.

E sentou-se numa cadeira, colocou seu rosto entre as mãos e chorou. Ele estava extenuado, não tinha mais nenhuma alternativa. Levantou-se e se despediu dos meus pais dizendo que tentaria conversar com outros médicos amigos dele, mas reconhecia a sua derrota. Nada mais, além da esperança num milagre, poderia salvar minha irmã.

Minha mãe estava descontrolada, chorava copiosamente pela casa; meu pai estava sem saber o que fazer. Nunca o tinha visto desta maneira, desolado e sem nenhuma alternativa.

A noite chegava, já era o terceiro dia que a febre dominava Júlia. Entrei no seu quarto e segurei sua pequena mão, que estava muito gelada, e sua respiração bem lenta. Não pude conter minhas lágrimas, pois sabia que dificilmente ela aguentaria além daquela noite.

Saí do quarto, desci até a sala e pude ver minha mãe abraçada ao meu pai num choro incontrolável. Notei também que meu pai estava com os olhos inundados. O sentimento de impotência, o descontrole da situação tinha desfeito a imagem de superioridade daquele homem, que era como outro qualquer, prestes a perder algo que dinheiro nenhum poderia lhe comprar.

Não pude ficar ali por muito tempo. A pressão era demais para mim. Comecei a andar pela varanda e a pensar. Com todo aquele dinheiro e poder, meu pai agora não passava de um pobre escravo, à mercê de alguém ou algo muito mais poderoso que ele: a morte.

Nesse momento me veio à mente o avô de Guantamo. Com toda sua experiência de vida, quantos pobres escravos ele já não devia ter tratado e curado de doenças e ferimentos provocados pelos poderosos!

Nessa hora vi que ele era a minha esperança. Peguei um lampião e comecei a andar rápido pela estrada escura que levava até a senzala.

Sempre tive medo de andar à noite pelos locais escuros da fazenda, no entanto desta vez isso pouco me afetou. Era a última chance de salvar minha irmã. Pude notar que às vezes somos obrigados a tomar certas atitudes que antes nos pareciam sem sentido, mas que a vida nos obriga a seguir e passar por cima de nossos temores.

Quando fui me aproximando da senzala percebi que havia um vulto em frente ao casebre onde Guantamo morava. Era o seu avô. Ele me olhou com uma expressão de seriedade e preocupação.

Eu o cumprimentei com a cabeça. Não sabia ao certo o que lhe dizer, pois ele não entendia muito bem o nosso idioma.

Logo em seguida apareceu a mãe de Guantamo. Ela sorriu e me disse:

– Ele estava esperando por você. Disse que precisa ir rápido à sua casa. O Guantú está querendo colher um fruto.

Rapidamente ela explicou que, na tribo de onde ele veio, Guantú representa a morte e o fruto seria a vida de alguém. Notei que ele tinha nas mãos alguma coisa enrolada num pedaço de tecido, muito rustido.

Perguntei a ela como eu poderia entender o que iria dizer ou pedir, pois não entendia seu idioma, muito menos alguém da minha casa. Neste momento apareceu Guantamo, com algumas ervas que acabara de cortar. Ele me olhou e disse:

– Vamos rápido. Eu acompanho meu avô. Posso entender muita coisa que ele fala.

Seguimos apressados de volta à minha casa. Na verdade, muito mais devagar do que eu havia percorrido antes. O avô de Guantamo não conseguia andar muito rápido. Percebi então que, às vezes, na vida, podemos estar perto de uma solução, no entanto ela vem a seu tempo e não na forma e na hora que queremos.

Enfim chegamos à minha casa. Entramos na sala. Meus pais olharam para nós, mas não conseguiram dizer nada. Diante disto, eu falei:

– Este é o avô de Guantamo. Ele tentará ajudar a Júlia. É nossa última esperança.

Olhei bem nos olhos daquele velho senhor e repeti a ele o que havia me dito: Watasi Urerê!

Agora ele era minha grande esperança. Ele foi até a mesa e abriu aquela trouxa de tecido. Havia muitos tipos de ervas secas ali. Ele separou algumas, juntou com as que Guantamo havia colhido há pouco e lhe disse alguma coisa, que eu não entendi.

Guantamo perguntou onde era a cozinha, pois tinha que ferver algumas ervas. Rosa, que estava nos observando, tratou de levá-lo até lá o mais rápido possível.

Eu acompanhei o avô de Guantamo até onde estava minha irmã. Ele a olhou e pediu para que eu ficasse do lado de fora do quarto. Encostei a porta e fiquei no corredor. Podia ouvir que ele dizia palavras do seu dialeto. Eu não entendia uma só palavra, mas o tom que ele usava parecia que estava falando com alguém para que saísse dali.

Passado um tempo, Guantamo e Rosa apareceram no corredor. Traziam duas vasilhas: uma continha uma espécie de chá e a outra, uma pasta de ervas. Tinha também um pano enrolado, dando a impressão de compressa.

Eles deixaram tudo no chão, perto da cama, e saíram. Guantamo tinha recebido outras instruções de seu avô e voltou com Rosa rapidamente para a cozinha.

Fiquei estático próximo à porta. Depois de um tempo ouvia apenas algumas palavras, continuava sem entender nada, mas me dava a impressão de que ele pedia a ela que reagisse, que lutasse pela vida. Vagarosamente abri a porta, notei que a compressa estava na testa de Júlia e ele com uma pequena cumbuca feita de casca de coco dava doses muito pequenas do chá para minha irmã beber.

Fechei a porta e resolvi descer até onde estavam os meus pais. Eles estavam da mesma forma, pareciam animais assustados, quando acuados. Sentei-me próximo a eles e não trocamos uma só palavra. Em certas ocasiões, o silêncio diz mais do que qualquer fala.

Como deveria estar a cabeça de meu pai? A vida de sua filha estava nas mãos de um velho senhor, negro, escravo, castigado pela vida sofrida, castigo para o qual meu pai de certa forma contribuiu. Suas últimas esperanças estavam nas mãos de quem ele jamais pensara em pedir ajuda.

O tempo passava. A cada hora que o grande relógio na sala batia o carrilhão, nossos corações se apertavam cada vez mais. Vi Guantamo subir e descer a escada várias vezes, uma hora com vasilhas, outra com compressas.

O dia estava amanhecendo. Os primeiros raios de sol começavam a surgir, reinava um silêncio perturbador na casa. Já não ouvíamos mais ninguém subindo ou descendo as escadas, nem as palavras do velho sábio.

Num determinado momento, quando o silêncio chegava a doer, ouvimos um riso de criança: era Júlia. Demos um salto, quase que juntos, corremos em direção à escada e ao quarto. Eu já havia percorrido esse caminho inúmeras vezes, mas nunca me pareceu tão longo.

Chegamos à porta. Ainda pasmos, pudemos ver Júlia se divertindo com as brincadeiras que o avô de Guantamo fazia com um pequeno ramo de erva. Era uma visão do paraíso.

Minha mãe, aos gritos, correu em direção à minha irmã. Ela abraçou Júlia e soluçando dizia:

– Minha princesa, você está bem! Como eu sofri nestes dias!

Do outro lado, meu pai de joelhos beijava as mãos pequenas de minha irmã, não dizia uma palavra, mas seus olhos não continham as lágrimas. Eu estava imóvel, chorando também, de alegria.

Olhei para o outro canto e notei o avô de Guantamo com aquele sorriso de quando eu o conheci. Era uma alegria pura, espontânea, de quem acabara de derrotar o inimigo mais temido de todos os homens, independente de raça, religião ou classe social. Ele tinha vencido a morte mais uma vez. Talvez fosse mais uma batalha vencida, entre tantas, daquele grande guerreiro negro.

Passado aquele momento de êxtase, meu pai se levantou e se dirigiu ao avô de Guantamo. Antes ele perguntou o nome daquele senhor e eu também não sabia.

Então Guantamo disse:

– Ele se chama Muzú.

Meu pai se dirigiu até ele, e num gesto que me deixou atônito, abraçou-o como se fosse um velho amigo, dizendo:

– Deus o abençoe, Muzú! Nunca esquecerei isto.

Guantamo disse umas palavras ao seu avô, provavelmente traduzindo a ele o que meu pai dissera.

Já minha mãe, não precisou de tradução. Ela se curvou e beijou a mão de Muzú. Jamais eu poderia imaginar tal cena. Todo o seu orgulho e sua prepotência tinham ido por água abaixo. Ela, enfim, entendeu um pouco do sentido da vida.

Aquele senhor deixou a nossa casa iluminada novamente. Ele entrara com ela em trevas e saíra deixando-a com a luz do sol. Meu pai fez questão que os dois, antes de irem embora, tomassem café conosco.

Minha irmã parecia que não tinha passado por nada, era uma alegria só.

Ficamos na varanda, vendo-os se afastarem e quando estavam bem longe acenamos a eles, como se faz aos grandes amigos.

Voltamos para dentro de casa, com mais uma página de nossas vidas virada e com muitas reflexões.

Algo havia mudado em todos nós.

Soltando as correntes

Algumas horas depois, vi meu pai caminhando pelo terreiro onde se costuma secar o café, sozinho e pensativo. Talvez tudo aquilo tivesse mudado de alguma forma alguns de seus conceitos. Sabia que não era fácil para ele.

Resolvi ir até lá e caminhar ao seu lado. Sem me dizer uma só palavra, ele colocou a mão no meu ombro e começamos a andar.

Num determinado momento, ocorreu algo que só a natureza, com a ajuda de Deus, pode fazer. Logo à nossa frente estavam alguns pássaros caminhando entre os grãos de café, talvez pegando insetos.

Notei que havia um que era totalmente claro, quase branco, e logo adiante tinha outro pássaro totalmente negro. Como se alguém tivesse colocado palavras na minha boca, eu perguntei ao meu pai:

– Pai, por que o pássaro negro não está acorrentado, como

os escravos?

– Ora, filho, porque ele é um pássaro! – respondeu ele.

Então eu lhe perguntei, quase que instantâneo, sem raciocinar muito:

– E os negros, não são gente?

Notei que aquilo atingiu meu pai como uma bala certeira. Seu semblante mudou, uma dúvida lhe atormentava a alma. Por que castigar tanto aquelas pessoas, tratá-las como animais e não lhes dar o mínimo respeito como ser humano?

Não sei o que realmente o atormentava, porém sabia que meu pai quando estava convicto de suas ideias não recuava um milímetro sequer.

Ele me olhou e disse:

– Volte para casa. Vou falar com Diogo. Nós nos veremos na hora do almoço.

Fiz o que ele mandou. Voltei para casa, mas pude vê-lo sumir estrada adiante em direção a casa do feitor.

Passado algum tempo, estávamos sentados na mesa esperando sua chegada para almoçarmos. Era regra na minha casa: jamais se iniciava uma refeição sem a presença de meu pai.

Minha mãe estava radiante. Minha irmã, agora sem febre, estava muito feliz.

De repente meu pai entrou, foi lavar as mãos e sentou-se à mesa. Notei que ele me olhou profundamente. Sem dizer absolutamente nada eu senti a alegria no seu olhar.

Rosa estava servindo o almoço, quando meu pai olhou para minha mãe e disse:

– A partir de hoje, mais nenhum escravo será acorrentado nesta fazenda. Dei minhas ordens a Diogo, que relutou bastante, mas deverá cumpri-las. Mandei que retirassem todas as correntes da senzala e as guardassem no armazém.

Notei que Rosa saiu da sala como se fosse na cozinha buscar

alguma coisa. Na verdade pude ver seus olhos transbordando em lágrimas de alegria.

Meu pequeno coração parecia que ia explodir de tanta felicidade. Eu quase não acreditava que aquilo estava acontecendo. Talvez meu pai já estivesse propenso a realizar isso, no entanto eu sentia que tinha também a minha parcela de ajuda neste feito. Eram os grãos de areia se unindo para formar a praia.

Olhei para ele e falei:

– Puxa, pai, Guantamo e seus amigos ficarão muito felizes!

Minha mãe não disse nada. Apenas sorriu como se estivesse aprovando. Ela ainda estava embriagada com a recuperação da minha irmã. Acho que ela aprendeu mais em uma noite do que em toda a sua vida.

Terminamos o almoço e fomos ficar um pouco na varanda, como de costume. Podíamos ver a plantação de café sumindo até o horizonte, parecia que não tinha fim. Meu pai tomou Júlia em seu colo e ficou acariciando seus cabelos encaracolados, enquanto minha mãe não se cansava de olhar para ela.

Ficaram divagando em conversas. Eu não via a hora de dar uma escapada para encontrar Guantamo e comentar sobre o ocorrido.

Pude ver ao longe Diogo passando a cavalo. Sua cara não era das melhores, sabia que ele não concordava com aquilo, porém não ousaria desobedecer às ordens de meu pai. Era como se ele tivesse perdido uma batalha em relação aos negros. Com certeza tentaria de alguma forma reverter a situação.

Aquele feitor reunia tudo que uma pessoa pode ter de ruim; a gente se sentia ameaçado só de olhar para ele. Eu tinha certeza de que ele agiria de alguma forma contra os escravos, pois dificilmente meu pai se dirigia à senzala. Sendo assim, ele e seus capangas tinham mobilidade dos atos por lá. O que ele não sabia era que agora eu tinha notícias do que ocorria naquele pedaço da fazenda.

Seria uma queda de braço difícil para mim, porém eu não estava disposto a desistir.

Um dia de festa

Naquela tarde, consegui dar uma escapada e ir até o local onde normalmente eu encontrava Guantamo. Era uma região com muitas árvores frutíferas, logo após as tulhas de armazenar café.

Gostávamos de subir numa enorme mangueira e ficar conversando. De lá podíamos avistar se alguém vinha pela estrada. Muitas vezes pensei naquela árvore. Pelo seu tamanho deveria ter mais de cem anos, e quantas confidências ela não deve ter ouvido, quantos fatos presenciados sem poder ao menos expressar sua opinião. Seu destino era ficar calada e nos acolher em baixo de seus galhos e sua folhas como alguém que acolhe alguém em seu peito, próximo ao coração.

Cheguei ao nosso lugar e não encontrei Guantamo. Fiquei como em outras vezes, sentado na velha mangueira esperando meu amigo chegar. Conversei como de costume com a velha árvore. Devo ter lhe contado tudo o que se passou naquela noite. Pena que ela não podia falar, no entanto pude notar entre suas folhas uma enorme manga. Pedi licença e a peguei. A doçura daquele fruto deixou claro que, se ela não podia falar, de alguma forma podia expressar a mim também sua alegria com o ocorrido. Terminei de comer e me senti satisfeito. Despedi-me dela e desci ao solo.

Meu amigo não apareceu. Caminhei mais um pouco entre as árvores e pude ouvir de longe um som vindo da senzala. Não pude conter minha curiosidade e comecei a correr para lá; à medida que ia me aproximando, o som aumentava.

Já podia ouvir os negros cantando. Eram palavras que eu não entendia, no entanto a mistura das vozes com o som dos bumbos eram de uma harmonia incrível. Cheguei na entrada da aldeia e notei que até o tronco onde os escravos eram castigados estava enfeitados com flores, tudo estava muito lindo. Os pequenos casebres de madeira cheios de flores do campo, muito coloridas e espalhadas por toda a aldeia.

Notei alguns negros dançando em pares, como se fosse uma luta, enquanto outros faziam o ritmo dos tambores. Era uma verdadeira festa, só não sabia o porquê daquilo.

Fui avançando e notei que as pessoas me olhavam e sorriam, enquanto me faziam sinal para avançar. Já não via mais os olhares temerosos deles em relação à minha pessoa. Será que eles já me consideravam amigo?

Caminhei mais um pouco e vi Guantamo sentado junto ao seu avô e sua mãe. Quando ele me viu, deu um salto e veio correndo em minha direção, seu sorriso estava radiante. Ele me abraçou e disse:

– Estamos em festa, nós não seremos mais acorrentados por aqui, devemos isso a seu pai e a você.

– Não, Guantamo, devem isso ao seu avô. Foi ele que salvou Júlia e provocou isso, despertando um sentimento em meu pai que talvez estivesse guardado em uma gaveta há muito tempo.

– Não, Urerê, segundo meu avô, você foi o instrumento que

provocou tudo. Se você não tivesse vindo aqui nos buscar na noite passada, nada teria acontecido.

– Talvez – respondi. – Mas se não fosse por ele, hoje seria um dia muito triste para minha família. No entanto, vamos comemorar...E saí correndo em direção a Muzú.

Eu já não tinha mais cerimônia nenhuma. Olhei o velho negro sorrindo e lhe dei um forte abraço. Ele, ainda me abraçando, disse em meus ouvidos:

– Watasi Urerê!

Era incrível como a gente se sentia bem ao lado daquele senhor. Era como se dele emanasse alguma luz, ou um tipo de energia. Não sei descrever, só sei que era o tipo de pessoa cuja presença fazia bem.

Muzú entrou em sua cabana e voltou em seguida com um colar feito de flores do campo. Ele proferiu algumas palavras e colocou o colar em meu pescoço. Parecia uma consagração, eu jamais tinha me sentido tão bem numa festa. Lembro das recepções que aconteciam na minha casa e nas outras casas dos conhecidos de meus pais. Nada era comparado. Talvez porque naqueles lugares só havia as aparências e não os sentimentos das pessoas.

Tudo que era feito por eles era com união, com amor e dedicação. Todos contribuíam de alguma forma. As comidas, diferentes até então para mim, estavam deliciosas. Repeti várias vezes uma iguaria chamada "feijoada". Era incrível, porém Guantamo me alertou para tomar cuidado, pois era muito forte.

Olhando os rostos daquelas pessoas, sorrindo e dançando, não podia entender como alguém tão oprimido e sofrido pode conter dentro de si algo tão alegre e tão bom. Não sei, eu apenas sentia, parecia que o tempo tinha parado para mim.

Fiquei bastante por lá, depois resolvi ir embora antes que meu pai notasse a minha falta. Agradeci a eles e me despedi. Comecei a caminhar em direção à estrada. Após andar um pouco, notei que o som havia parado. O silêncio de repente me chamou e eu me virei para olhar a senzala.

Aquela imagem tenho até hoje guardada em minha mente e no meu coração: todos os negros estavam olhando para mim e acenando. Daí começaram a gritar:

– Urerê! Urerê! Urerê!

Meus olhos já não se continham mais. Chorei muito, retribuí o gesto batendo com a mão fechada em meu peito, do lado do coração. Eles sabiam que estavam ali dentro.

O ruído da abolição

Naquela noite eu estava exausto. Tinha sido um dia e tanto. Talvez se Deus me levasse embora não teria do que reclamar, pois vivi num dia o que muitas pessoas não conseguem na vida toda. Adormeci rápido.

Na manhã seguinte, quando desci para tomarmos café, encontrei o dr. Willianson sentado à mesa com meu pai. Nós nos cumprimentamos e eles continuaram a conversa.

Ele estava pasmo com a recuperação de Júlia. Meu pai tinha lhe contado o que ocorreu naquela noite, com riqueza de detalhes. Talvez o doutor estivesse com um pouco de ciúmes, pois há muito tempo era o médico de nossa família, e jamais tinha ocorrido algo parecido. Acho que ele também aprendeu bastante com esse episódio.

Várias vezes ele insistiu com meu pai para conhecer o velho senhor, que tinha curado minha irmã de forma tão surpreendente. Mas meu pai resolveu não expor aquele humilde escravo à curiosidade do dr. Willianson. Com certeza ele iria chatear

Muzú, querendo saber que tipo de ervas ele tinha usado e quais os métodos empregados.

Meu pai encerrou a conversa dizendo:

– Certas coisas acontecem na nossa vida e não devemos tentar encontrar as razões e os porquês de ter ocorrido. Devemos guardar para nós o aprendizado tirado da situação. Pense assim, doutor.

Depois disso ele resolveu mudar de assunto, pois acabara de entender o recado de meu pai. Deu-se por feliz de Júlia estar viva e de ele continuar o médico de nossa família, porém ele sabia que a nossa confiança não era mais só dele.

Os dias foram se passando; eu já havia voltado às aulas. As recepções tornaram a acontecer na minha casa e nas casas de outros ilustres conhecidos de minha família, porém minha mãe já não tinha aquela imponência em determinados assuntos. Ela havia mudado muito.

Eu, como sempre, achava muito chatas aquelas festas, mas algo me deixava curioso nas últimas reuniões. O assunto referente à abolição da escravatura tomava cada vez mais espaço nas conversas, vez por outra já se podia perceber alguém a favor da ideia.

Meus pais ficavam neutros em suas opiniões, coisa que antigamente seria bem diferente. Minha mãe era uma defensora feroz da escravidão. Acho que suas amigas estavam estranhando agora sua imparcialidade quanto ao assunto.

O barão Barreto, grande produtor de tabaco e cana de açúcar daquela região, tinha mandado seu filho Rodrigo estudar na capital há alguns anos.

Rodrigo estava terminando o curso de direito numa renomada faculdade de São Paulo. Ele era um dos que defendiam a abolição dos escravos. Sua linha de raciocínio era a de que se poderia produzir muito mais se os negros tivessem mais liberdade e participação nas lavouras.

No início, a cada manifestação sua o barão Barreto ficava

muito tenso, pois ocorriam discussões acaloradas a respeito. Eu gostava de ver Rodrigo falar. Ele tinha desenvoltura e conseguia apresentar argumentos convincentes a cada debate.

Já não achava ruim acompanhar meus pais nesses encontros, principalmente quando sabia da presença de Rodrigo. Certa vez, depois de um destes acalorados debates, eu me aproximei dele e comentei:

– Gosto quando você fala. Você parece que põe o coração à frente da razão.

Ele me olhou com um certo espanto. Como justamente um garoto poderia entender seus objetivos? E me disse:

– A maioria dos corações por aqui está empedrada. Serão difíceis de amolecer. Tenho que adotar a linha de pensamento deles, ou seja, mostrar a viabilidade desta ideia visando ao lucro financeiro. Entendeu?

– Não muito – respondi.

– Temos que mostrar a eles que, se os negros tiverem alguma remuneração, ou mesmo parte da colheita destinada a eles, o empenho será muito maior e a produtividade também. Todos podem lucrar.

– Agora entendo, mas não será fácil derrubar essa conduta de tantas gerações. Você terá que conseguir aliados importantes a favor desta causa.

Depois lhe contei um pouco a respeito do meu relacionamento com os escravos na fazenda de meu pai e também dos últimos acontecimentos. Rodrigo ficou muito entusiasmado. Enfim podia ver uma pequena luz na escuridão.

Ele ficou muito feliz por meu pai estar tratando com mais dignidade os negros em nossa fazenda, mas me alertou que seria duramente criticado por alguns ilustres quando soubessem.

A cada encontro trocávamos mais ideias, e eu podia ter uma visão mais abrangente da causa abolicionista.

Sentindo na própria carne

O tempo passava e, Diogo, o feitor, não tinha digerido ainda o fato de os negros não serem mais acorrentados. Ele estava como uma cascavel, à espera para dar o bote.

Guantamo já havia me contado que várias vezes em que estava servindo o almoço aos escravos, Diogo aparecia e começava a insultá-los, além de fazer ameaças de castigos.

Certa manhã eu estava assistindo à aula, e de repente senti um mal-estar, uma coisa ruim. Comecei a ficar angustiado, não respirava direito. Não conseguia mais ficar na classe.

Pedi a professora para sair e lhe contei o que estava sentindo. Ela me levou até lá fora e perguntou se queria que ela me acompanhasse até minha casa. Disse que não precisava, pois era bem próximo dali. Caminhei até a estrada, notei que ela estava me observando, talvez por medo de alguma atitude por parte de meus pais.

Andei mais um trecho e lhe fiz um aceno. Ela retribuiu e

voltou para dentro da classe. Continuei caminhando em direção a minha casa, porém quando passei pela bifurcação da estrada que levava até a senzala, senti algo diferente.

Era como se alguma força me atraísse para aquela direção, meus passos estavam sendo conduzidos agora. Meu coração batia descompassado e então eu comecei a correr. Sentia que tinha que chegar logo, porém não sabia o por quê.

À medida que me aproximava, minhas mãos transpiravam cada vez mais, podia sentir que alguém estava em sofrimento, pedindo ajuda. Mas quem? Eu não entendia muito bem o que se passava comigo, no entanto sabia que tinha de seguir adiante e rápido.

Eu já estava bem próximo, pude ouvir o murmúrio de lamentação dos escravos. Quando avistei a entrada, minhas pernas tremeram. Vi Guantamo amarrado ao tronco. Estava com as costas toda ensanguentada, enquanto Diogo desferia um golpe atrás do outro nele.

Não me lembro de ter sentido anteriormente um ódio tão mortal por alguém, como naquela hora eu senti por Diogo.

Corri na direção de Guantamo. O feitor não me via, pois estava de costas. Atirei-me sobre o meu amigo tentando protegê-lo. Diogo já estava abaixando o chicote para dar mais um golpe. Foi muito rápido. Como eu tinha me colocado na frente, fui atingido nas costas.

Acabava de sentir na própria carne o que era o açoite, uma dor terrível. Tanto física, quanto na alma. Minha camisa se espedaçou, senti minha pele se partir e o sangue escorrer. Caí de joelhos de tanta dor.

Diogo me olhou espantado, e numa mistura de ódio e receio pelo que poderia ocorrer-lhe gritou:

– Menino idiota, olha só o que você fez. Não tinha nada que se meter por aqui. Levante que vou te levar embora!

Lembro-me de ter olhado para os escravos, e meus olhos devem ter dito muito mais do que qualquer palavra. Acredito que a minha atitude de certa forma os encorajou a fazer uma coisa que eles pretendiam há muito tempo, só não tiveram coragem.

Na festa lembro-me de ter visto alguns negros praticando uma espécie de dança, onde os dois simulavam chutes e golpes. Achei interessante, mas somente neste dia entendi o que realmente era.

Do meio da multidão dos escravos saiu um negro muito alto e forte. Ele veio na direção de Diogo como se estivesse dançando, fazendo aquelas revoluções. O feitor ergueu o chicote para dar um golpe, mas já era tarde.

O escravo lhe desferiu um violento pontapé no nariz. Diogo cambaleou para trás. Quando se levantou estava com o rosto todo ensanguentado. Devia ter quebrado o nariz. Antes que ele pudesse tomar qualquer ação, levou uma rasteira, e quando ainda estava no ar tomou outro golpe no rosto com os pés do negro.

O escravo era muito rápido, golpeou repetidamente o feitor, sem levar um soco sequer. Todo o sofrimento daquela gente foi canalizado nos pés daquele homem. Eles estavam sendo vingados.

Jamais tinha visto alguém ser tão rápido com os pés daquela forma. Ele deixou Diogo desacordado no chão.

Virou-se para mim e me estendeu a mão. Ajudou-me a levantar e me disse:

– Não importa o que aconteça comigo. Você se feriu por um de nós. Seremos eternamente gratos.

Na hora não consegui dizer nada. A dor era horrível. Eu me virei e pude ver a mãe de Guantamo e os outros escravos desamarrando-o do tronco. Ele estava quase desmaiado. Ampararam-me também e nos levaram para a cabana de Muzú.

O avô de Guantamo era o médico daquelas pessoas. Ele separou algumas folhas de plantas e uma espécie de pasta de ervas.

Fomos deitados um ao lado do outro enquanto Muzú começava a nos curar. Meus ferimentos não eram nada perto dos de Guantamo.

Após algum tempo podia sentir os efeitos das plantas nos ferimentos. Parecia que a pele estava retraindo. Quantos escravos foram tratados por esse homem e quantos não devem ter morrido também.

Meu amigo ainda estava desacordado. De tempos em tempos Muzú nos fazia beber uma espécie de chá, muito amargo. Guantamo tomava com dificuldade. Sua mãe inclinava sua cabeça, enquanto seu avô entornava o chá. Ele ainda não abrira os olhos.

Ao ver aquela cena não me contive. As lágrimas escorreram pelo meu rosto. Muzú percebeu e me disse alguma coisa, mas eu não entendi.

A mãe de Guantamo, que estava ao lado, falou:

– Ele disse para você não desperdiçar suas energias nas lágrimas, pois você já derramou sua principal essência por ele, o seu sangue.

Passado algum tempo, eu adormeci.

Quando acordei olhei para o lado e vi meu amigo com os olhos abertos. Ele deu um sorriso e disse:

– Urerê, agora você não me deve mais nada, você também me salvou da cobra.

Ele se referia a Diogo como sendo a cobra. Sorri também e tentei me levantar. Ainda doía muito. Perguntei-lhe para que Diogo havia batido nele. Guantamo contou que o feitor o acusou de ter roubado uma galinha de seu viveiro, o que não era verdade.

Os escravos tinham muito medo de Diogo. Duvido que alguém tentaria roubar alguma coisa dele. Ele deve ter usado o método de costume: julgava e dava a sentença aos escravos.

Nesse tempo que eu fiquei na senzala, a aula já havia terminado e meu pai estava à minha procura. A professora tinha passado pela minha casa para saber a meu respeito. Meu pai achou a história estranha e estava no meu encalço.

Conversei muito com Guantamo sobre o que eles sofriam nas mãos dos brancos e o que eles pensavam a respeito. Então ele me contou uma história que seu avô aprendeu na sua tribo de origem. Era assim:

"Na criação do mundo Deus criou o homem e lhe deu as condições de sobreviver e procriar. Os homens eram brancos. Depois de algum tempo o homem se tornou astuto e perverso. Começou a enganar os seus semelhantes e a tentar ludibriar Deus.

Deus ficou furioso e criou o homem negro, sendo ele bom e justo. Essa foi à maneira de Deus evidenciar ao branco os seus erros. No entanto, o homem branco era esperto e acabou dominando os negros, aproveitando-se deles e os escravizando."

Ouvindo a história e pensando a respeito, eu lhe perguntei:

– Mas como Deus permitiu essa injustiça, deixando os brancos dominarem os negros?

Então ele completou:

– Deus como recompensa determinou que os negros teriam mais tempo de vida que eles sobre a terra. Como todos na hora da morte sempre lutam por um segundo a mais de vida, essa seria a dádiva destinada aos negros. Aos brancos restaria a reflexão de que, se tivessem sido bons e retribuíssem o amor aos outros, poderiam ter vivido mais.

Neste momento meu pai entrou no pequeno quarto onde estávamos. Ele estava com uma cara de poucos amigos. Muito preocupado, ao me ver, perguntou:

– Valentino, o que você está fazendo aqui? O que significa esse ferimento nas suas costas? E por que Diogo está amarrado naquele tronco, todo machucado?

Quanto aos meus ferimentos eu podia lhe explicar. Agora, quanto a Diogo estar amarrado no tronco, seria mais complicado. Eu não sabia que os escravos tinham amarrado o feitor no tronco.

De qualquer forma, a ideia me agradou.

Às vezes só quando se sente na própria pele é que se percebe a real dimensão de certas coisas. Com certeza, aquele seria um dia inesquecível para o feitor, e para mim também.

Sabia o quanto meu pai era severo, no entanto já tinha aprendido que no seu modo de analisar, sempre devemos dizer a verdade. Agora era a minha palavra que seria o fiel da balança. Respirei fundo e comecei a falar.

– Sabe pai, eu não estava me sentindo bem na sala de aula. Pedi à professora para sair e ir para casa. Eu não conseguia respirar direito e sentia uma angústia no peito, como nunca sentira antes.

– Mas por que você não foi para casa? – interrompeu ele.

– Eu estava indo, mas quando passei pela bifurcação da estrada, algo me atraiu para cá. Não sei como explicar. Foi a mesma sensação que me trouxe até aqui naquela noite em que Júlia ardia em febre.

Ao me referir ao episódio de Júlia, senti que tinha envolvido o coração de meu pai no julgamento dos fatos. Ele nunca mais foi o mesmo depois daquela noite.

Então eu continuei.

– Sabia que alguém estava correndo perigo, só não sabia quem, e o que estava acontecendo. Quando cheguei na entrada da senzala vi que Diogo estava surrando Guantamo, que estava amarrado ao tronco e todo ensanguentado.

– E daí, o que aconteceu? – indagou meu pai.

– A única coisa que me veio à cabeça foi entrar na frente e impedir que aquilo continuasse. Foi o que fiz, só que Diogo estava tão cego ao dar os seus golpes, que não deu tempo de parar. Ele acabou me desferindo uma chicotada.

Nessa hora meu pai estava levantando as folhas que estavam nas minhas costas e via o ferimento. Em seguida olhou as costas de Guantamo. Meu pobre amigo ainda não conseguia se levantar.

– E como Diogo foi parar amarrado naquele tronco? – perguntou meu pai.

– Depois do golpe eu caí de joelhos, tamanha era a dor. Nesta hora um dos escravos achou que o feitor continuaria a me agredir e partiu em cima dele. Diogo não teve tempo de fazer mais nada.

Meu pai parecia um juiz ao ouvir os fatos num julgamento, para depois dar o veredito. E voltou a me questionar.

– Qual foi o motivo que levou Diogo a amarrar esse menino no tronco e açoitá-lo?

– Ele o acusou de ter roubado uma galinha do seu viveiro. Guantamo me jurou que não fez isto. O senhor acredita que alguém aqui teria coragem de roubar alguma coisa do feitor?

Meu pai respondeu que não com a cabeça. Ele era muito severo, no entanto era muito justo. Agora não se tratava mais de um escravo qualquer, que ele praticamente nem conhecia o seu rosto. Era alguém que na hora que ele mais precisou lhe estendeu a mão, apesar de tudo que já tinha sofrido naquela fazenda.

Foram pessoas que salvaram a vida de sua filha, que lhe abriram a visão sobre determinadas condutas e o ajudaram a crescer como ser humano.

Além disso, ele via agora o seu filho também com marcas de açoite, ao lado daquele menino negro, também ferido. Talvez ele tenha se colocado no lugar daqueles pais negros, que viam muitas vezes seus filhos sofrerem castigos sem nada poderem fazer.

Ouvi certa vez alguém dizer que muitas vezes dói mais ver a agressão em nossos filhos, do que quando somos agredidos.

Meu pai se levantou, olhou nos olhos de todos que estavam ao redor. Acho que aquela tinha sido a primeira vez que meu pai havia entrado em uma daquelas cabanas da senzala. Ele terminou olhando fixamente para Muzú.

Dizem que para uma semente germinar é preciso terra, água e a luz do sol. No entanto essa combinação tem que ser no momento exato, senão a nova planta não surgirá. Essa combinação dos fatores acabava de acontecer.

Meu pai olhou para mim e disse:

– Isso um dia tinha que ter fim, e será agora.

Não entendi muito bem a profundidade das palavras dele, no entanto algo me aliviou o peito. Meu pai saiu da cabana e gritou para que soltassem Diogo.

O feitor já tinha se recuperado. Ouvi quando meu pai mandou que ele se retirasse dali, fosse se cuidar e o procurasse mais tarde para uma conversa.

Voltando onde eu estava, meu pai me tomou nos braços, agradeceu a Muzú pelos cuidados e disse que mais tarde voltariam a conversar.

Sabe, aquele foi um dos momentos que mais me tocaram na vida. Há muito tempo eu não tinha com meu pai aquele tipo de contato físico, que é tão bom e nos faz falta. Eu o abraçava como nunca tinha feito antes. Deitei minha cabeça em seu ombro, enquanto olhava para trás e via os escravos sorrindo e me acenando.

Pude ver Muzú, com aquele seu sorriso iluminado, fazendo o gesto afirmativo com a cabeça. Acho que ele sabia perfeitamente o que eu estava sentindo.

Mais uma vez aquela gente nos proporcionou momentos e sentimentos tão simples e tão intensos que nenhum dinheiro pode comprar.

Seguia abraçado com meu pai. Gostaria que aquele momento nunca terminasse. Nossos corações estavam muito próximos fisicamente e nossas emoções se permeavam, sem dizermos nada um ao outro.

Notei que meu pai diminuiu os passos, andando mais devagar. Ele passou a mão pelos meus cabelos e me beijou a face. Pude ver, por uma fração de segundos, que lágrimas escorriam dos seus olhos. Não queria deixá-lo constrangido, fiz que não vi. Voltei a repousar minha cabeça no seu ombro, abraçando-o ainda com mais força.

Ali não era o barão, não era o senhor da fazenda que me carregava, e sim o meu pai, com suas fraquezas e virtudes, aprendendo como eu nas pequenas coisas o grande sentido da vida.

Em nossa jornada por este mundo, guardamos certos acontecimentos em nosso coração e na lembrança, como se fossem verdadeiras joias num pequeno baú. Em determinados momentos de dificuldades na vida, podemos abrir o pequeno baú e contemplar aquelas pedras preciosas. O seu brilho nos dá forças e confiança para seguirmos em diante.

Por muitas vezes, ao longo da minha vida eu abri meu baú e contemplei este meu diamante.

A chama do mal

Chegando em minha casa, fomos recebidos por minha mãe, que ficou perplexa com o ocorrido. Levou-me para o quarto e ficou ao meu lado a tarde toda. Já fazia um bom tempo que minha mãe não me dedicava tanta atenção assim. Até minha irmã, Júlia, ficou ao meu lado.

Rosa, sempre que podia, passava pelo quarto para dar uma espiada no meu curativo. Apesar de tudo, eu estava adorando ser o centro das atenções naquela hora.

Após o almoço, meu pai ficou um bom tempo na biblioteca. Era lá que ele fazia as escritas da fazenda e também a contabilidade. Havia um grande cofre no canto da sala. Nesse cofre ficava todo o dinheiro de meu pai. Normalmente ele só o abria nos dias em que tinha que efetuar algum pagamento.

Após conversar um pouco com minha mãe, ele se retirou. Meu pai havia saído para conversar com Diogo e eu estava curioso para saber o teor desse encontro.

Quando já estava quase anoitecendo, meu pai retornou e avisou para nos prepararmos para o jantar.

Já na mesa de jantar meu pai começou a contar os detalhes da sua conversa com Diogo para minha mãe. Normalmente ele falava os assuntos com minha mãe, eu ficava só ouvindo e dificilmente entrava na conversa, a não ser quando chamado.

Desta vez ele estava agindo diferente. Ele contava para minha mãe, mas olhava também para mim, como se estivesse me introduzindo no diálogo. Com certeza, foi ali que meu pai resolveu que eu deveria começar a participar mais dos assuntos daquela fazenda.

Aquilo me encheu de orgulho, e vez por outra eu lhe dirigia algum comentário. Lembro-me do que ele disse:

– Resolvi mandar embora Diogo e todos os seus subordinados. Fiz o cálculo do que eles tinham a receber e adicionei uma boa quantia em dinheiro, para eles não dizerem que foram prejudicados.

Aquela notícia me deixou radiante. Era tudo o que eu queria ouvir. Sentia que estávamos afastando o mal do nosso convívio. Meio eufórico, eu lhe perguntei,

– Pai, até quando eles ficarão por aqui?

– Eu lhes pedi para que saíssem amanhã, até à tarde. A quantia que lhes dei a mais é suficiente para que eles se instalem em algum outro lugar. Acredito ter feito a coisa certa, o que vocês acham?

Minha mãe concordou e ficou me olhando, aguardando meu comentário. Até ela estava achando entranho meu pai estar me incluindo em assunto tão sério.

– Acho que o senhor fez a coisa certa. Não acredito que fosse do seu agrado a maneira como Diogo e seus ajudantes tratavam os escravos.

Ele me olhou profundamente e falou,

– Talvez a minha parcela de culpa tenha sido de ficar a distância, enquanto Diogo tomava conta do trato com os escravos. Isso me incomoda muito, pois só agora pude perceber o grau de violência que eles sofriam, e que eu deixei acontecer.

Na verdade não sabíamos com exatidão as maldades que o feitor tinha aplicado aos escravos, no entanto estávamos de certa forma reparando as nossas falhas.

Meu pai ainda comentou que seria preciso, depois de alguns dias, contratar outros trabalhadores para coordenar os afazeres da fazenda, porém eles deveriam apenas acompanhar e auxiliar nos trabalhos, sem o uso de violência ou castigo.

Nesta hora, lembrei-me das conversas que tinha tido com Rodrigo. Veio-me à memória um comentário seu a respeito de se começar a dar oportunidades aos negros de coordenar determinadas atividades. Segundo ele, a liderança sendo dos próprios negros, traria mais confiança e colaboração entre eles.

Resolvi arriscar e comentei a ideia a meu pai. Eu sabia que estava forçando um pouco as coisas, porém resolvi levantar minha bandeira.

Ele ouviu, pensou muito e falou,

– Vou contratar alguém para administrar a fazenda. No entanto, tentaremos começar a dar mais responsabilidades aos negros, em algumas tarefas.

Eu nem acreditava no que tinha acabado de ouvir. Estávamos dando início a um processo para se dar mais dignidade a toda aquela gente.

Antes de se levantar da mesa ele comentou:

– Assim que Diogo e seus empregados estiverem fora da fazenda, vou ter uma conversa com os negros.

Ele se levantou e veio ver como estava o meu ferimento. Ficou abaixado e me perguntou como eu estava me sentindo. Disse-lhe que estava melhor e antes que ele se levantasse eu o abracei. Agradeci-o, falando bem baixinho ao ouvido, por tudo que estava fazendo por aquela gente e beijei-lhe o rosto.

Minha mãe estava tocada com o que acabara de ver. É interessante como gestos tão simples que às vezes deixamos de fazer podem ser tão gratificantes. Agora sim, estávamos nos tornando uma família, no sentido pleno da palavra.

Alguns dias se passaram. Eu encontrei Guantamo no pomar, onde sempre nos víamos. Contei a ele a atitude que meu pai havia tomado e ele ficou muito feliz. Disse que não via a hora de poder contar aos outros tal notícia.

Diogo e seus homens haviam partido. No entanto, ele deixara alguns utensílios para buscar mais tarde. Achei esta atitude meio estranha. Tratando-se daquele sujeito, tudo era perigoso. Apesar de meu pai tê-los recompensado, o feitor ficou furioso. Era como se ele tivesse perdido uma batalha para os escravos.

Ele devia estar remoendo todo o seu ódio, e pensando numa maneira de se vingar daquela gente.

Numa determinada tarde ele apareceu na fazenda com alguns homens, passou e avisou meu pai que estaria retirando o resto de suas coisas. Já estava escurecendo e eles não haviam saído com os pertences. Meu pai, um tanto intrigado com tudo aquilo, ficou sentado na varanda esperando a retirada deles, pois para sair da fazenda eles teriam que passar por perto da nossa casa.

Na verdade, Diogo e seus capangas estavam à espreita para atearem fogo na senzala. Sua sede de vingança o levou a tomar tal atitude. Eles estavam aguardando que os escravos estivessem recolhidos em seus casebres para então tocarem fogo em tudo.

Com o calor que estava fazendo naquela época do ano, a madeira dos casebres se transformaria em cinzas em pouco tempo, e pior, muitos acabariam morrendo no incêndio.

A noite avançava. O feitor e seus comandados acenderam suas tochas e partiram em direção à senzala. Eles combinaram que dariam a volta por trás dos casebres e tocariam fogo ao mesmo tempo, nos lados opostos. Dessa maneira o fogo avançaria para o centro, e deixaria o local por onde as pessoas provavelmente tentariam sair um verdadeiro inferno.

Em nossa fazenda havia também pelo menos umas duzentas cabeças de gado. Não era o produto principal dos rendimentos de meu pai, no entanto foi uma maneira que ele encontrou para diversificar seus recursos.

Nessa semana o gado estava confinado no curral, que ficava próximo à senzala, para que fossem avaliados com relação a peso e controle de doenças.

À medida que Diogo e seus capangas colocaram fogo nos casebres, as labaredas tomaram conta rapidamente do local. Deu-se início ao pânico. Os escravos começaram a correr desordenadamente, enquanto alguns tentavam salvar pessoas e objetos que estavam no interior de suas moradas.

Da varanda, meu pai pode ver o clarão que se formava no céu. Ele deu um salto, entrou correndo dentro de casa e pegou sua espingarda. Ele sabia que alguma coisa de ruim estava acontecendo por lá.

Deu ordens à minha mãe para que ninguém saísse da casa, principalmente eu. Saiu em disparada em direção à senzala, enquanto carregava sua arma.

Ficamos na varanda observando o clarão. Meu coração estava apertado, minha vontade era de sair correndo para ajudá-los, porém minha mãe não tirava os olhos de mim. Ela sabia das minhas intenções.

Rosa, por sua vez, estava angustiada com aquela visão. O céu vermelho denunciava o inferno que deveria estar por lá, mas também não podia fazer nada.

Diogo sorria como o próprio demônio ao olhar o fogo. Via o desespero e a gritaria dos pobres coitados, sem saberem para onde correr.

Com todo aquele fogo e a gritaria das pessoas, o gado começou a ficar inquieto, o curral estava totalmente tomado e quase não havia espaço para os animais. Eles já estavam se debatendo e forçando a cerca.

Meu pai passou correndo por lá e notou que em pouco tempo eles arrebentariam o cercado, mas nada poderia fazer para evitar isso. Resolveu seguir adiante e tentar ajudar aquela gente.

Ao chegar próximo à senzala ele se sentiu no próprio inferno. O calor era insuportável, as pessoas aterrorizadas tentavam sair para qualquer lado. Muitos já estavam machucados e intoxicados pela fumaça. As crianças aos berros tentavam achar seus familiares.

Do lado oposto ao incêndio Diogo e alguns de seus capangas se afastavam do local, dando grandes gargalhadas e praguejando contra os negros. Apenas o feitor segurava sua tocha, ainda com fogo, para enxergar o caminho.

Em pouco tempo eles estavam passando bem à frente do curral. Como o fogo já chegava na parte de trás, o gado se lançou para o lado oposto. A cerca não resistiu. O gado arrebentou tudo e partiu em disparada bem na direção do feitor e seus capangas.

Diogo percebeu que não conseguiria fugir daquele estouro da boiada e começou a balançar a tocha de um lado para o outro, a fim de afugentar os animais. De nada adiantou. O gado em debandada o pisoteou e também três dos seus homens. Eles tiveram morte instantânea. Parece que a mão de Deus resolveu fazer justiça naquela hora.

Meu pai continuava a ajudar na retirada dos habitantes da senzala. Como sempre acontece nas situações de perigo extremo, algumas pessoas conseguem manter a calma e raciocinar rápido. Parecem verdadeiros anjos da guarda. Desta forma, alguns negros conseguiram coordenar a saída das pessoas para um local seguro.

Numa destas corridas, meu pai encontrou Guantamo. Quase

que imediatamente perguntou ao meu amigo onde estava Muzú. Ele respondeu que tinham conseguido sair a tempo. Agora ele estava num local seguro próximo dali, juntamente com sua mãe, cuidando dos feridos.

Nessa altura o fogo já havia consumido todos os casebres, tudo estava em chamas. Não sabiam se havia vítimas sob os escombros. Meu pai de alguma forma sabia que Diogo estava envolvido nessa história.

Ele armou sua espingarda e saiu em direção à pequena vila onde tinham morado o feitor e seus homens. Ao chegar lá, três deles estavam em frente da casa. A fisionomia deles, quando avistaram meu pai, era de espanto e medo.

Meu pai parou a uns três passos deles, engatilhou a arma e apontou-lhes. Era uma espingarda calibre 12, cano duplo. Eles sabiam o estrago que aquela arma poderia fazer.

– Acho melhor vocês começarem a explicar o que aconteceu por aqui. Não sei por quanto tempo posso conter o meu dedo neste gatilho – disse meu pai.

Um deles resolveu falar.

– Diogo nos obrigou a fazer isso. Ele disse que não daria a nossa parte do pagamento, caso não o ajudássemos.

– Onde ele está? – perguntou meu pai.

– Não sei, eles já deveriam ter voltado para cá – respondeu um deles.

– Pois então fiquem de joelhos, não quero nenhum movimento de vocês.

Os três, aterrorizados, obedeceram a meu pai e torciam pela volta de Diogo, o que jamais aconteceria.

Depois de um determinado tempo meu pai começou a ouvir barulho de passos entre a mata. Ele se posicionou de forma a ter os três na mira e também quem saísse do matagal.

Na verdade quem apareceu foram dois escravos. Eles tinham

notado que meu pai partira em direção à pequena vila e o seguiram para dar-lhe proteção.

– O gado arrebentou a cerca, Diogo e mais dois homens morreram pisoteados pela boiada – disse um deles.

Ao ouvir isso, a raiva de meu pai diminuiu um pouco.

– Corram até o armazém perto do terreiro de café, tragam três pares de correntes daquelas que Diogo usava em vocês. Vamos manter esse lixo acorrentado até amanhã cedo, quando trarei a polícia até aqui – disse meu pai aos dois escravos.

Eles partiram em grande velocidade. Acho que parte daquela lenda que Guantamo me contou estava se realizando: os negros veriam seus opressores sendo vencidos.

Meu pai não tinha a índole má, porém depois de ver todo aquele desespero dos escravos ele resolveu assustar aqueles homens e disse:

– Pensando bem, acho que poderia mandar vocês três irem conversar com Diogo. Talvez vocês precisem fazer um acerto de contas com ele.

Os três de joelhos sentiram que meu pai poderia detonar aquela espingarda a qualquer momento. Além do mais, quem poderia defendê-los naquela hora. Os outros já estavam mortos!

Em desespero eles pediram clemência a meu pai, quase aos prantos.

– O que vocês acham que os negros fariam com vocês se eu lhes entregasse a eles – disse meu pai, ainda com a arma engatilhada.

Antes que os três covardes pudessem responder, os negros retornaram com as correntes. Eles trouxeram as que prendiam as mãos e também as que prendiam os pés, juntamente com os pinos e a marreta que era utilizada para travar o fecho.

De repente a situação estava invertida. Seguindo as ordens de meu pai, os escravos acorrentaram os capangas. Aquela cena aliviou um pouco o coração dele, mas ele jamais poderia avaliar o que aquele ato significou para aqueles dois negros. Eles estavam com a alma lavada.

– Vamos voltar para a senzala. Há muito que fazer por lá. Tragam esses três também. Ainda vou pensar o que fazer com eles – disse meu pai.

Os capangas estavam apavorados. Suas vidas agora estavam nas mãos de meu pai. Dava para imaginar o que os escravos fariam com eles, caso meu pai permitisse. Sentindo o peso dos guilhões na própria carne, os três caminhavam com dificuldade. Eles não esperavam um desfecho deste para aquele ato.

O recomeço a partir das cinzas

No caminho de volta à senzala, os dois negros mostraram a meu pai onde estavam os corpos de Diogo e seus homens.

O feitor estava caído ao chão com a tocha apagada ainda presa na mão direita e os dentes cerrados. Para onde quer que tenha partido sua alma, ela estava também sem luz nenhuma.

Meu pai os olhou e se virou para os acorrentados.

– Agora vamos ajudar a quem merece. Depois vocês virão retirar esses corpos daqui. Não quero o sangue deles contaminando minha terra.

Seguiram adiante e começaram a encontrar os escravos pelo caminho, alguns tossindo muito e machucados também. O choro e as lamentações eram de cortar o coração. Nada mais restava por ali, a não ser cinzas.

Quando chegaram ao ponto onde a maioria das pessoas estava concentrada, de repente todos pararam e se calaram diante daquela visão.

O três capangas acorrentados e com a cabeça baixa, enquanto meu pai empunhava a arma. Ele sempre trajava roupas brancas, normalmente vestia terno e botas longas. Depois de todo o ocorrido, as suas vestimentas em nada lembravam a limpeza de costume.

Diante de tudo aquilo, as manchas no seu terno branco pareciam mais condecorações do que sujeira. Ele se sentia o próprio justiceiro.

Assim que ele abaixou a arma, um dos lideres negros se aproximou e meu pai lhe perguntou:

– Como estão todos? Houve alguma vítima fatal?

– Temos muitos com queimaduras e passando mal por respirarem muita fumaça. Mas acho que não tivemos nenhuma morte.

– Diogo e seus homens foram os responsáveis pelo fogo. Ele e alguns dos seus capangas morreram pisoteados pelo estouro da boiada. Estes três nós conseguimos prender. Eu os entregarei à justiça, depois que eles limparem esse trabalho sujo.

A imagem era desoladora. Só havia escombros e alguns focos de fumaça. Eles haviam perdido tudo. Meu pai ficou comovido com aquela visão. Mas isso ele só me contou muitos anos mais tarde.

Ele sabia que havia um armazém de café vazio, pois as sacas já haviam sido retiradas após a venda. Ele pensou por um instante e falou ao líder deles:

– Vamos levar todos para o armazém de café que está vazio. Vocês ficarão lá até conseguirmos resolver esse problema. Peça para alguém ordenhar algumas vacas e dêem leite aos que respiraram muita fumaça e também às crianças.

Ao ouvir isso, o escravo iniciou um gesto de reverência e foi se ajoelhar à frente de meu pai, em sinal de gratidão. Antes que seu joelho tocasse o solo, meu pai o segurou pelo braço e o ergueu novamente.

– Você não precisa fazer isso. A partir de hoje todos vocês são trabalhadores da minha fazenda e não mais escravos. Receberão pelo trabalho que fizerem e terão uma área de terra para plantar o que quiserem.

Quando anos mais tarde meu pai me contou com detalhes essa parte da nossa história, seus olhos se encheram d'água, provavelmente como naquele dia. Ele se lembrou dos rostos daquelas pessoas tão sofridas, de repente sorrindo em meio a toda aquela desgraça.

No meio das cinzas eles estavam renascendo, estavam se fortalecendo como pessoas e recebendo uma dose de dignidade como nunca tiveram, de quem sempre temeram.

Eles só não sabiam que o meu pai também estava renascendo. A gratidão daquelas pessoas estampada em seus rostos foi como uma centelha em seu peito. Ele percebeu o quanto nos faz bem poder ajudar aos outros. A cada ato, essa chama se intensifica e nos ilumina internamente.

Era mais uma prova de que Deus nos ajuda fazendo-nos ajudar aos outros.

Meu pai pediu para que vigiassem os três capangas enquanto ele iria até a minha casa. A esta altura os negros já estavam se preparando para se dirigir ao armazém de café, a fim de se alojarem.

Estávamos aflitos esperando notícias do ocorrido. Quando meu pai apareceu na varanda, corremos ao seu encontro. Ele nos contou o que tinha acontecido e quais as medidas que tomara.

Eu nunca o tinha visto daquele jeito, com a roupa toda suja e muito suado. No entanto, o brilho dos seus olhos e a maneira como estava se empenhando em ajudar aquele povo era de dar gosto.

Ao ouvir o que ele acabara de nos contar e também sua atitude em acolher a todos no armazém, Rosa não se conteve. Tomou a mão de meu pai e lhe beijou o dorso. O ato foi muito rápido e ele não gostou.

– Não sou nenhuma santidade para você me tomar à bênção. Não quero que faça isso novamente. Aliás, você e as outras empregadas devem ir ajudar aquela gente agora. Nesse momento há mais trabalho a ser feito por lá do que em nossa casa.

Ela sorriu e disse:

– Desde que comecei a trabalhar nesta casa aprendi a gostar destas crianças como se fossem minha cria. Sempre recebi de vocês muito respeito, como ninguém havia me dado. Mas nos últimos tempos o senhor tem tomado atitudes para com a minha gente que jamais algum branco tomou. Seu carinho, sua bondade e dedicação ultrapassam qualquer fronteira. Deus o tem usado como seu instrumento, e não sei se poderemos retribuir algum dia.

Meu pai engoliu seco. Faltavam-lhe as palavras. Ele olhou para minha mãe, para mim e para minha irmã, colocou a mão no ombro de Rosa e falou:

– Sua gente me fez ver a vida de uma outra forma. Por mais de uma vez, ajudou-me a salvar o que de mais precioso eu tenho: meus filhos. Fez-me perceber que de nada adianta ter poder e riqueza se não compartilhar com os outros. Existem coisas que a gente só aprende sentindo, não adianta o sermão do padre aos domingos ou ficar lendo um livro atrás do outro. Portanto, todos estamos aprendendo.

Neste momento pudemos ver a luz de várias tochas acesas vindo na direção do armazém de café. Eram os negros que começavam a se mudar. Eles vinham cantando e alguns batiam palmas. Parecia uma procissão.

Eles fizeram questão de dar uma volta na nossa casa antes de seguirem para o armazém. Aquilo nos comoveu muito. À frente deles estava Muzú. Tinha em suas mãos uma vasilha com brasa dentro, onde as folhas secas produziam fumaça. O cheiro era muito bom, Guantamo o acompanhava de perto, trazendo consigo uma vasilha com as folhas, as quais ele ia entregando a seu avô.

Rosa nos disse que era defumação. Isso traria bons fluidos ao local. Uma coisa interessante naquela gente era que cada acontecimento importante era motivo para uma celebração.

Eles tinham acabado de perder tudo, e no minuto seguinte estavam agradecendo a oportunidade de se reconstruir. Esse conceito eu comecei a adotar na minha vida.

Vimos aquela multidão se afastar. Seguiam cantando, levando consigo seus sonhos e esperanças.

A cura pela cura

Naquela noite os trabalhos se estenderam por toda a madrugada. Meu pai pegou uma carroça e foi juntamente com os três capangas e mais dois negros até o local onde estavam os corpos de Diogo e seus comparsas.

Os corpos foram recolhidos e ficaram cobertos na carroça. Meu pai iria pela manhã à cidade conversar com o delegado, para que o mesmo tomasse as providências necessárias.

As pessoas pareciam formigas no armazém, arrumando o local para que pudessem viver ali por algum tempo.

Pela manhã, após ter dormido um pouco, meu pai foi até a cidade conversar com o delegado. Ele lhe explicou o ocorrido e comunicou que havia três companheiros de Diogo presos na fazenda. O delegado disse que se deslocaria até lá com alguns soldados.

Saindo da delegacia, meu pai foi conversar com o dr. Willianson. Contou o que havia acontecido e lhe pediu para que o acompanhasse até nossa fazenda, a fim de cuidar de alguns escravos que apresentavam ferimentos e queimaduras.

O médico não gostou muito da ideia, pois no seu modo de ver, tratar de escravos faria mal à sua reputação. Tentou arrumar uma desculpa para não fazer aquilo.

Meu pai, percebendo seu descaso, apresentou-lhe um forte argumento.

– Estou notando que o senhor está relutando em prestar este socorro. Garanto que o senhor receberá pelos seus serviços. No entanto, se isso não lhe agradar, não tem problema. Vou até a cidade mais próxima e encontrarei outro médico. Tenho certeza de que ele também gostará de cuidar da minha família daqui por diante.

Ao ouvir isso o médico até gaguejou, pois ele cuidava da nossa família há muitos anos. Sempre dava uma passada por nossa fazenda e vez por outra nos examinava, como se fosse uma consulta de rotina. E meu pai lhe pagava muito bem por isso.

– Não, senhor barão, de maneira alguma. Vou pegar minhas coisas e o acompanho.

Lembro-me de vê-los chegar à fazenda. O delegado com seus soldados já estavam por lá há cerca de uma hora. Tinha examinado os corpos e estava conversando com os três capangas presos.

Quando meu pai chegou próximo a eles, o delegado comentou que tinha achado meio estranha a maneira como os capangas estavam presos. Meu pai não deixou por menos.

– Foi a única forma que encontrei para eles não fugirem. Poderia ter feito pior. Como estavam depredando minha propriedade poderia ter atirado neles. Tenho certeza de que estaria nos meus direitos, o senhor concorda?

Naquela época os barões gozavam de muita autonomia, principalmente dentro de suas terras. O delegado de maneira alguma gostaria de entrar em confronto com meu pai.

– Concordo, poderia ter atirado neles, mas foi melhor assim. Do contrário, o senhor teria que prestar outro depoimento. Vou levá-los à delegacia e interrogá-los. Quanto aos corpos, vou tomar as providências necessárias, pois está evidente a causa das suas mortes.

Meu pai apenas fez um sinal com a cabeça, aprovando as medidas sugeridas pelo delegado.

Antes de sair o delegado lhe perguntou,

– Não tenho algemas suficientes. Poderia levá-los com as suas correntes?

– Claro que sim. E não precisa trazê-las de volta, pois não terão mais nenhuma utilidade por aqui – respondeu meu pai.

O delegado não entendeu muito bem o que acabara de ouvir, pois com tantos escravos na fazenda, como ele não precisaria mais das correntes. No entanto, não quis estender o assunto e deu ordem aos soldados para partirem.

Pouco tempo depois meu pai começou a percorrer o armazém, junto com o doutor, em busca dos feridos. Conversou com um dos líderes negros e lhe pediu para levá-los onde estavam os machucados.

Um fato curioso era que o doutor, na verdade, há muito tempo não efetuava estas atividades tão práticas. Como ele tinha em seu consultório mais dois assistentes, normalmente eram eles que faziam este tipo de atendimento. Ele ficava com a parte social e os atendimentos mais convenientes nas casas e fazendas das figuras importantes da região.

Ele não quis que seus assistentes o acompanhassem neste atendimento, talvez por medo dos comentários que provavelmente surgiriam sobre tal conduta.

No entanto, de alguma forma aquilo começou a lhe fazer bem. No começo ele estava um pouco relutante em cuidar daquela gente, porém, assim que viu Muzú aplicando suas ervas, ficou curioso.

Desde o episódio da febre de minha irmã, o dr. Willianson estava com vontade de conversar com aquele velho senhor. Queria saber o que ele tinha utilizado e como o tinha feito.

Acho que o doutor há muito tempo não praticava plenamente o juramento que fizera na escola de medicina. Ele tinha se tornado um médico burocrático, fazia os atendimentos superficiais na alta sociedade, somente receitando remédios e dando alguns conselhos.

O que lhe faltava, mas até então ele não tinha se dado conta, era pôr a mão na massa, tratar os ferimentos, aliviar a dor das pessoas, medicar as lesões. Era a troca de energia que ocorre nestes momentos, o bem estar de ajudar a quem precisa. Era o verdadeiro alimento da alma que ele ultimamente não ingeria.

À medida que o tempo foi passando, ele já não estava mais com aquela sua imponência costumeira. Tinha tirado o paletó, arregaçado as mangas da camisa e se ajoelhava no chão ou sentava em algum canto, quando necessário. Seu cabelo estava todo despenteado, mas a sua fisionomia era a melhor possível. Eu nunca o tinha visto assim tão bem.

Seguia Muzú como se fosse seu assistente. Todos aqueles anos de faculdade não lhe davam a segurança para contestar aquele velho ancião, formado na escola da vida.

Meu pai já não acompanhava mais as atividades dos dois. Tinha saído com alguns homens que ele já havia contratado para cuidarem da fazenda e também com alguns negros, a fim de concertarem o curral e conduzir o gado de volta ao cercado.

Alguns negros estavam executando as atividades normais da fazenda, como lidar com o café e a cana de açúcar. Só que havia uma diferença: estavam trabalhando sem vigilância e sem maus tratos. Agora eles eram trabalhadores.

Eu fiquei perambulando pela fazenda, junto com meu amigo Guantamo. Foi um dia de muito aprendizado.

Só por volta das nove horas da noite é que fomos jantar. O dr. Willianson fez a refeição conosco. Ele comeu muito, parecia um trabalhador braçal.

Passado um tempo ele e meu pai estavam na varanda da casa tomando um café, quando o doutor se levantou e disse que iria embora. Eu estava sentado próximo à porta da sala e podia ouvir o que eles falavam. Porém eles não me viam.

Meu pai então comentou:

– O senhor, por favor, informe o valor dos seus serviços hoje por aqui.

O médico, colocando a xícara sobre a mesa, respondeu:

– Se tem alguém que deveria pagar alguma coisa aqui, esse alguém sou eu. Há muito tempo em minha vida eu não me sentia tão útil como hoje. Abri mão de meu orgulho e de preconceitos que carregava há anos e aprendi muito com essa experiência. Tenho que admitir que muitas vezes não os via como seres humanos, e sim como animais que estão aí para nos servir.

– Eu também tenho aprendido muito nestes últimos tempos – comentou meu pai.

O doutor então pegou seu chapéu e o paletó, estendeu a mão a meu pai e se despediu.

– Até logo, senhor barão, voltarei daqui alguns dias para ver como estão os curativos deles. Obrigado por insistir para que eu o acompanhasse até aqui, do contrário continuaria com aquela minha vida vazia e superficial.

Meu pai o cumprimentou e ficou acompanhando até que ele subisse em sua charrete. Era uma noite de lua cheia. Conseguia-se enxergar muito bem apenas com o luar. Ficamos olhando a charrete sumir estrada adentro.

O dr. Willianson havia reencontrado a si mesmo. Talvez nesses anos todos ele estivesse trilhando a estrada errada. Voltara, enfim, ao rumo certo.

A nova aldeia

Alguns dias se passaram. Meu pai já tinha definido uma área da fazenda na qual seria construída uma pequena vila, onde os negros deveriam morar.

Foi demarcada uma área de plantio que seria destinada a lavoura deles. O que fosse colhido naquelas terras seria para subsistência do povoado.

Ficou determinado que a jornada de trabalho seria reduzida em duas horas. Esse tempo seria para acelerar a construção das moradias. Depois que estivessem prontas, a jornada seria reduzida em uma hora, e o tempo seria destinado à área de plantio de subsistência.

Lembro-me de ver meu pai comentar que a produção da fazenda tinha aumentado muito, mesmo com aquela redução da jornada de trabalho. A razão era a motivação e o empenho daquelas pessoas, que estavam retribuindo a confiança e generosidade de meu pai.

Um ano se passou, a nova aldeia estava pronta. A lavoura dos negros era mais que suficiente. Eles tinham comida digna em suas mesas. A fazenda prosperava como nunca.

Vez por outra eu me via perdido em pensamentos e lembrava aquela minha promessa de um dia conseguir mandar Muzú à sua terra de origem. Sabia que era na África, porém não sabia ao certo a região. Sabia também que ele não conseguiria voltar sozinho. Teria que mandar Guantamo e sua mãe também, e isso me incomodava.

Estaria separando-me de vez do meu melhor amigo, talvez para nunca mais vê-lo. Porém, aquela promessa me perseguia, parecia uma bola de ferro presa ao meu pé. Muzú já tinha idade avançada, não sabia quanto tempo ele ainda viveria.

A aldeia estava pronta, eles tinham uma moradia muito melhor do que aquela que foi destruída pelo incêndio. Ao ver todas aquelas casas e a lavoura deles tão produtiva, eu cheguei a me perguntar:

– Será que aquele último ato de Diogo não seria a prova concreta daquela lenda que Guantamo me contou?

Numa vida onde ele só cometeu maldades e injustiças, o desfecho foi trágico, porém o seu último ato propiciou uma melhora considerável na vida daqueles escravos que ele tanto maltratou. Teria Deus resolvido dar-lhe uma chance? Talvez sim. Antes de passar desta vida, ele teria que ser o instrumento que originaria mudanças consideráveis a todos.

Um ato de maldade que só traria o bem, e talvez desse um pouco de luz à pobre alma de Diogo, no longo caminho de aprendizado e redenção que ele teria que percorrer.

E o tempo passou...

Os anos se passaram. Estávamos agora em meados de 1884. Na nossa fazenda a comunidade negra já havia conquistado sua emancipação devido a grande colaboração de meu pai.

No entanto, nas fazendas da região isso não acontecia. Ocorria ainda uma grande resistência por parte dos poderosos em ceder essa liberdade aos escravos.

Devido ao comportamento da minha família em relação aos negros, já não aconteciam como antigamente aqueles encontros sociais na nossa casa, nem tampouco éramos convidados para irmos às outras reuniões. Na verdade, não sentíamos falta nenhuma dessas festas, nem mesmo minha mãe que dava tanta importância a isso antigamente.

Eu estava agora com dezessete anos e preparava-me para ingressar na faculdade. Acabei embalando o sonho dos meus pais e resolvi fazer o curso de direito. Na família de minha mãe havia vários advogados, como também políticos importantes.

Passaria a morar na casa de meus avós, em São Paulo, cidade na qual eu faria a faculdade. Minha mãe estava radiante, pois isso possibilitaria que ela visse com mais frequência seus familiares.

A escolha do curso de direito se deu também pelos fatos ocorridos nos últimos anos. A causa abolicionista tinha provocado vários embates jurídicos. Desta forma achei que eu poderia contribuir de alguma maneira com este propósito. A minha promessa ainda me perseguia, mas como eu poderia embarcar negros num navio como passageiros comuns? Eles seriam aprisionados em algum lugar pelo caminho, antes de chegarem à África.

Fatos importantes tinham acontecido nos últimos anos.

Em 1863, os Estados Unidos decretaram a libertação de seus escravos. Três anos depois, D. Pedro II encaminhou a seus ministros um apelo que recebera, no mesmo sentido, da Junta Francesa de Emancipação. O Conselho de Estado iniciou em seguida o estudo do problema, com base em cinco projetos elaborados por Pimenta Bueno, depois visconde e marquês de São Vicente.

A guerra do Paraguai tornou inadiáveis algumas dessas medidas. No recrutamento de tropas, o Exército e a Marinha tiveram de apelar para o concurso dos negros, que deixaram de ser simples máquinas agrícolas para se transformarem em "voluntários da pátria".

O processo se acelera. Dois decretos assinados por Zacarias de Góis e Vasconcelos refletiram com clareza a precipitação dos acontecimentos. O primeiro, de 6 de novembro de 1866, concedia liberdade gratuita aos escravos designados para o serviço do Exército; o outro, de 28 de março de 1868, mandava proceder à matrícula geral dos escravos. Esse último, em especial, abriu espaço para numerosas demandas interpostas por advogados que foram grandes abolicionistas, como Saldanha Marinho, no Rio de Janeiro, e Luís Gama, em São Paulo.

A ofensiva forense foi intensa. Em 1871, por exemplo, o jovem advogado José Joaquim Peçanha Póvoas propôs 1.604 ações contra senhores que obrigavam escravas à prática da prostituição, obtendo 729 alforrias.

A etapa seguinte do movimento antiescravista foi marcada pela Lei do Ventre Livre, de 28 de setembro de 1871, permanentemente fraudada.

Tudo isso me impulsionava a ser um jurista. Porém, outra coisa me incomodava: teria que ficar longe dos meus amigos.

Durante esses anos que se passaram tivemos muitos momentos felizes e nossa amizade consolidou-se.

Meu pai construiu uma escola para os negros, deu-lhes o saber e a dignidade a que todos têm direito.

Guantamo se mostrava muito inteligente e aprendia com facilidade. Devido ao nosso convívio, eu passei a entender muita coisa do dialeto utilizado por Muzú e pude entender muitos mistérios da vida ao acompanhar seus ensinamentos.

Quando chegou o dia em que eu deveria partir para São Paulo, meu coração estava apertado. Eu queria falar várias coisas a eles, mas não sabia como.

Fui até à aldeia e entrei na casa de Muzú. E só naquela hora eu atentei para um fato interessante: sua morada nunca ficava com a porta fechada. Parecia que estava sempre pronta a acolher quem precisasse.

Ele estava sentado em seu banquinho, feito de um tronco de árvore, fumando seu cachimbo. Ao me ver entrar, sorriu e fez sinal para que eu ficasse ao seu lado.

Tinha tanto a lhe dizer, mas não conseguia. As lágrimas rolavam sem parar. Eu soluçava e não conseguia dizer nada. Eu jamais tinha dito a alguém sobre a minha promessa de mandá-lo de volta a sua terra natal, na África. Esse segredo eu guardava somente em meu coração.

Muzú colocou a mão sobre minha cabeça e, com aquela sua

voz doce, falou:

– Eu espero você voltar, Urerê. Sei que um dia você vai mandar esta semente e seus frutos de volta para a árvore de onde ela saiu. Não se atormente, o tempo passa rápido.

Ao ouvir aquilo eu me acalmei. Fiquei em pé e lhe pedi um abraço. Ele me abraçou e me beijou o rosto. Virou-se e colocou a mão dentro de um pequeno pote de barro para pegar alguma coisa. Segurou a minha mão e colocou nela uma pedra preta, muito brilhante, que parecia um pedregulho. Fez com que eu fechasse a mão com a pedra dentro e me disse:

– Quando fui capturado, tentei fugir das redes dos caçadores de escravos. Eles eram muitos e me arrastaram até o barco. No meu desespero, eu finquei os dedos na terra tentando me segurar. A única coisa que consegui foi ficar com essa pedra na mão. Nunca mais eu a soltei. Ela tem a minha energia e um dia vou colocá-la de volta no lugar de onde eu a tirei.

Ao ouvir a história, fiquei apavorado.

– Não posso ficar com ela, posso perdê-la. É muita responsabilidade.

– Ela não vai fugir de você. Sempre que você se encontrar em dificuldade, segure-a na mão direita. Minha energia passará para você.

Olhei profundamente nos olhos de Muzú e perguntei:

– Como você sabia que eu tinha a intenção de ajudá-lo a voltar para sua terra?

– Acho que esse velho negro às vezes consegue conversar com os que já foram. Quando se faz uma promessa vinda do fundo do coração, a natureza e os espíritos se mobilizam em ajudar. Em algum momento de sua vida você teve esse desejo de me ajudar; eu, por outro lado, sempre pedia isso. Alguém resolveu amarrar as duas pontas dessa corda. Agora estamos unidos, por isso eu o chamei de Watasi Urerê. Mantenha essa pedra com você, pois eu não retornarei ao meu lugar a não ser por suas mãos.

Aquela conversa me deixou atônito e de certa forma aliviado. Ele me disse que gostaria de me mostrar uma coisa antes que eu partisse. Segurando em meu braço começamos a caminhar em direção à antiga senzala.

Passamos pelo curral e chegamos a um lugar cheio de flores do campo. Eu nunca mais tinha passado por ali. Notei que as flores do tipo trepadeiras tinham envolvido alguma coisa, pois revelavam quatro formas distintas.

Muzú com cuidado me mostrou o que havia embaixo das flores. Eram quatro cruzes. Na verdade, aquele era o local onde Diogo e seus homens haviam morrido.

Ele me contou que depois de passado algum tempo, naquele lugar não crescia nem grama. Seus espíritos estavam presos por ali. Então Muzú resolveu fazer as quatro cruzes e colocar no local, em sinal de perdão daquelas almas.

– Fazendo isso, consegui libertar aquelas criaturas para seguirem os seus caminhos de aprendizado. A partir de então, as flores envolveram as cruzes e nunca mais elas ficaram visíveis. Sabe, às vezes é mais difícil perdoar do que golpear.

Fiquei feliz ao ouvir tudo aquilo. Segurei sua mão e voltamos à aldeia. Chegando lá, encontrei a mãe de Guantamo, conversei com ela e lhe disse que estaria partindo por algum tempo. Perguntei por meu amigo e ela disse que ele tinha ido ao pomar, local onde sempre nos encontrávamos.

Despedi-me deles e me afastei, com os olhos cheios d'água.

Cheguei no pomar e avistei Guantamo em cima da nossa grande amiga, a mangueira. Chamei-o, mas ele não se virou.

Comecei a subir nos galhos e me aproximei dele. Mesmo próximo ele não se virou. Então eu lhe disse:

– Ei, meu amigo, vim me despedir de você!

Nesse momento ele se virou para mim e pude notar que estava

chorando. Limpando os olhos, ele me falou:

– Quando voltamos daquela viagem à praia, estava contando ao meu avô como tinha sido bom e sobre a nossa amizade, e ele me disse: "Os corações unidos pela amizade um dia irão se distanciar". Rezei para que esse dia não chegasse, mas ele veio.

Meio sem saber o que falar, tentei consolar a ele e a mim mesmo.

– Mas não será para sempre. Durante o curso virei algumas vezes para cá e depois que terminar a faculdade retornarei à fazenda.

Essas palavras tentavam minimizar nossa tristeza.

– Agora tenho que ir, Guantamo. Cuide bem deste pomar e da fazenda. Logo nos veremos. Estendi-lhe a mão para um aperto.

Ele retribuiu com aquele seu sorriso que me chamou a atenção quando o vi pela primeira vez através da janela, e me falou:

– Leve esta folha da velha mangueira com você. Use-a para marcar as páginas dos livros que irá ler. Quando tiver saudades, segure-a e pense que estamos aqui em cima dela, jogando conversa fora.

Segurei a folha e me despedi. Ele nunca imaginou quantas vezes eu faria o que me dissera.

A cidade grande

Fui para São Paulo. Iniciei meus estudos na Faculdade de Direito do Largo São Francisco e minha nova vida. Era tudo bem diferente da fazenda, uma cidade em pleno desenvolvimento, onde tudo me fascinava.

Meus avós maternos eram muito conservadores. Minha mãe já havia me alertado para que eu tomasse cuidado ao abordar assuntos relativos aos negros. Procurava manter a neutralidade na frente deles, porém na faculdade já era possível notar a existência de pessoas favoráveis à causa abolicionista, e eu comecei a me engajar nela.

Os estudos me tomavam muito tempo e foi se tornando quase impossível minha ida à fazenda, a não ser no período de férias. No final do primeiro ano eu consegui passar um tempo lá. Pude rever meus amigos e também procurei ensinar alguma coisa do que aprendi a Guantamo. Ele era muito inteligente e aprendia com muita rapidez.

Porém, nos anos seguintes eu passei meu período de férias em São Paulo. Um tio de minha mãe conseguiu me arrumar um estágio no escritório de um grande advogado e meus pais é que vinham passar o final do ano conosco.

As notícias de meus amigos da fazenda chegavam por intermédio da minha família. Eu sempre escrevia uma carta e enviava através de meus pais a Guantamo, que passou a se corresponder comigo.

Quantas vezes não segurei nas mãos aquela folha da mangueira e fechando os olhos me transportei até aquele pomar. Podia sentir o vento no rosto e o cheiro da terra molhada, quando ficávamos protegidos pela grande árvore, olhando a chuva cair. Essas coisas me faziam falta, mas eu contornava a saudade pensando que logo eu estaria de volta e tudo ficaria como antes. No fundo eu sabia que seria muito difícil, mas mantinha essa pequena chama ainda acesa.

Os meses foram passando e eu tinha cada vez mais o meu tempo tomado pelas atividades da faculdade e por meu trabalho no escritório de advocacia. No estágio eu estava aproveitando o meu contato com os processos e me interessando cada vez mais pelas manobras jurídicas.

Não deixava de pensar também na minha promessa. Já havia feito amizades com pessoas ligadas às causas abolicionistas e me informado a respeito de possíveis viagens. No momento era praticamente impossível embarcar negros, com segurança, nas viagens de navios ao continente africano.

Procurei também informações a respeito das regiões onde os caçadores de escravos mais agiam. Eu tinha que descobrir de alguma forma a região de onde Muzú foi capturado. Nas conversas com ele, suas recordações eram de um morro muito grande, nas proximidades de um rio. Sabia que minha tarefa não seria fácil, porém eu não desistia.

Certa noite, quando voltava para casa, ao virar uma esquina próxima a um beco, pude ver dois policiais espancando violentamente um escravo. Eles lhe desferiam golpes de cassetetes por todo o corpo. O pobre coitado já estava ensanguentado, quando um dos policiais golpeou-lhe no rosto. Depois da pancada, ele caiu no solo desfalecido.

Eu estava no terceiro ano de faculdade e já tinha discutido com nossos mestres os abusos que a polícia às vezes cometia. Nesses debates eles nos instruíam sobre as condutas a serem tomadas nessas ocasiões.

Aproximei-me deles e indaguei o que estava acontecendo. Eles me olharam e um deles falou:

– Quem é você para nos pedir explicações?

– Sou advogado – respondi. – Meu nome é Valentino Castela.

Por dentro eu estava gelado. Caso eles me pedissem alguma identificação, não teria como provar que era advogado. Eu só tinha a identificação como estudante.

Mas, devido ao meu estágio no escritório de advocacia, eu sabia o nome do juiz que normalmente comandava os julgamentos. Usando isso, blefei:

– Acredito que o juiz Falcão gostará de saber sobre esse fato, ainda mais que amanhã tenho uma audiência com ele.

O juiz era conhecido pela sua obstinação pelas leis, e costumava punir duramente os delitos, às vezes até com um pouco de exagero. Percebi que os policiais perderam aquele ar de confiança.

– Este escravo está sem sua documentação e não soube explicar quem são seus senhores.

– E isso é motivo para vocês o espancarem desta forma? Olhem seu estado, parece estar morto.

Lembrando-me dos ensinamentos da faculdade, continuei:

– Quero seus nomes e suas patentes.

Eles relutaram em dizer, mas devido a minha insistência,

acabaram falando.

Nessa hora lembrei-me de meu pai. Uma vez ele me disse que em determinadas situações era preciso mostrar que se tenha o controle, mesmo que estivesse tremendo por dentro das calças!

E então falei:

– Sumam da minha frente e rezem para que esse pobre coitado não esteja morto, senão amanhã vocês terão um dia de cão.

Os policias se mostraram apavorados e se afastaram, pedindo para que eu não os entregasse. Assim que eles dobraram a esquina quem tremeu fui eu. Olhei para o chão e deparei com aquele homem desfalecido. Ele agora estava nas minhas mãos, e eu não sabia o que fazer.

Ajoelhei-me ao seu lado e tentei notar algum sinal de vida. Não sei se era devido ao meu nervoso, não consegui perceber sua respiração. Entrei em pânico.

– E agora? Como vou sair dessa? Estou com um cadáver nas mãos.

Desesperado, fiquei em pé à procura de alguém para pedir ajuda, mas ninguém aparecia. Já era bem tarde. Num ato quase que automático, eu enfiei minhas mãos nos bolsos. Eu estava suando frio.

Foi quando percebi em meu bolso a pedra que Muzú havia me dado. Eu a segurei e pensei:

– Como gostaria que você estivesse aqui.

Nessa hora me lembrei das palavras que ele me disse quando me entregou a pedra: "Ela não vai fugir de você, sempre que você se encontrar em dificuldade segure-a na mão direita. Minha energia passará para você".

Eu voltei a me ajoelhar ao lado daquele homem. Segurei a pedra em minha mão direita e a encostei na sua testa.

Fechei meus olhos e mentalizei a figura de Muzú. Senti como se estivesse flutuando, parecia que eu estava fora do meu corpo.

Minha mão começou a tremer e a pedra passou a irradiar calor. O interessante era que embora eu não conseguisse abrir os olhos, podia ver claramente o rosto daquele velho negro. Ele sorria e balançava a cabeça afirmativamente.

Passado algum tempo, não tenho ideia de quanto, abri os olhos e senti que a pedra já não estava tão quente. Notei que homem estava respirando novamente e seu nariz não apresentava mais o sangramento. Eu fiquei observando-o por alguns segundos. Foi quando ele abriu os olhos e me perguntou:

– Quem é você? E quem era aquele velho negro que me socorreu?

Minha cabeça estava meio embaralhada com tudo aquilo. Como ele poderia ter visto Muzú? Eu não sabia nem como começar a lhe explicar. Então lhe falei:

– Tente se levantar. Vamos sair daqui. Veja se você consegue caminhar.

Com certa dificuldade ele se levantou. Eu o segurei pelo braço e o ajudei a caminhar. Agora eu tinha um outro problema: para onde o levaria? Perguntei qual era o seu nome e de onde tinha vindo.

– Primeiro, obrigado. Antes de desmaiar por completo pude ouvir você falando com os policiais. Achei que já estivesse morto, tive uma sensação estranha naquela hora. Meu nome é Simão, pelo menos minha avó me chamava assim. Depois que ela morreu eu fugi da fazenda. Lá os negros eram muito mal tratados.

– E você não sabe o nome da fazenda e onde fica? – perguntei-lhe.

– O nome da fazenda é Angélica, mas onde fica eu não sei ao certo. Desde que eu fugi fiquei vagando por muitos lugares. Eu me escondia no meio do mato e só andava à noite. Foi quando cheguei nesta grande cidade. Logo de cara encontrei aqueles dois policiais.

– Você não pode ficar vagando por aí sem documentação, logo será preso.

Comecei a pensar no que fazer, não podia abandoná-lo nas ruas. Enquanto caminhávamos fui pensando numa solução. O engraçado era que inconscientemente eu o estava levando para a casa de meus avós.

Ele me contou, enquanto andávamos, que sua mãe havia morrido no parto e seu pai havia sido comercializado pelo dono da fazenda. Desde então sua avó o criara. Ele tinha a intenção de fugir há muito tempo. Só não o fez, pois temia que ela sofresse muito ficando sozinha. Quando ela morreu, no dia seguinte ao seu enterro ele fugiu.

Eu ouvia sua história e pensava como resolver aquele impasse. Lembrei-me de que na casa de meus avós havia alguns cômodos destinados à moradia dos escravos. Eu já mantinha um bom relacionamento com a criadagem. Resolvi que poderia escondê-lo por algum tempo lá, até que encontrasse outra solução.

Expliquei-lhe como faríamos e que ele deveria ficar escondido até tomarmos outra medida.

Simão parou e me olhou nos olhos. Quase chorando ele me perguntou:

– Por que você está me ajudando? Quem é você?

– Meu nome é Valentino. Estou ajudando porque não compartilho com a maioria dos brancos no que diz respeito aos escravos, e tenho muitos amigos negros na fazenda de meus pais.

– E aquele senhor negro que estava com você e me socorreu? Onde ele está?

Meio sem saber como explicar, respondi:

– Aquele é um dos meus amigos. Um dia eu lhe conto sobre ele com mais detalhes. Agora estamos quase chegando. Não faça muito barulho ao entrarmos. No momento meus avós não podem vê-lo.

Antes que chegássemos, Simão resolveu fazer um desabafo:

– Sabe, em toda minha vida eu cresci odiando os brancos. Naquela fazenda vi muita pessoas morrerem depois de serem castigadas. Hoje fui salvo por um branco e estou sendo acolhido por ele. Não sei o bem que pensar.

– Existem muitos brancos que tratam os negros com respeito e lutam para que isso se torne lei. Acho que o mérito de receber ajuda foi seu. Pense desta forma.

Ele sorriu e balançou com a cabeça como se não estivesse acreditando no que lhe acontecia.

Estávamos agora em frente à casa dos meus avós. Entramos sem fazer muito barulho. Fomos até os alojamentos dos empregados. Chegando lá eu bati na porta e logo um dos criados atendeu. Era Sebastião, um dos criados mais antigos da casa. Ao me ver ele ficou meio confuso:

– Pois não, meu senhor. Precisa de alguma coisa?

– Preciso sim. Quero que você acolha um amigo aqui por uns tempos.

Ele ainda não tinha visto Simão. Ficou em dúvida e comentou:

– Mas, meu senhor? Um amigo seu ficando aqui com os escravos?

– Sim, Sebastião, este será o melhor lugar. Não quero que meus avós o vejam por enquanto.

Dizendo isso, eu chamei Simão para que viesse até ali. Quando Sebastião viu Simão, seu rosto se iluminou. Ele jamais pensaria que eu lhe traria um irmão de cor. Ele lhe estendeu a mão e pediu para que entrasse. Virou-se para mim e disse:

– Que Deus o abençoe por esta acolhida. Seu coração é imenso e sua bondade lhe abrirá sempre as portas durante a vida.

– Sebastião, cuide dos ferimentos de Simão. Ele foi agredido por policiais. Amanhã conversaremos a respeito. Mantenha-o por aqui para que não tenhamos problemas. Tenham uma boa noite.

Fui então me preparar para dormir. Meus avós nem perceberam quando cheguei. Deitei, mas o sono demorou um pouco a vir. Fiquei relembrando o ocorrido e refletindo a respeito. Quantos não estariam perdidos por aí na mesma situação de Simão? De qualquer forma eu estava me sentindo muito bem, pelo fato de poder ter ajudado aquele ser humano.

O destino se apresenta

Na manhã seguinte, antes de sair para os meus compromissos fui conversar com Sebastião. Ele me contou que Simão havia se alimentado e os ferimentos estavam bem melhor. Pedi-lhe para que tomasse cuidado para que meus avós não percebessem nada, pois poderia complicar a situação.

Na faculdade conversei com alguns amigos de confiança a respeito do que tinha acontecido e o que poderíamos fazer. Segundo eles, teríamos que providenciar uma documentação para que Simão fosse considerado como escravo de alguém. Eles se prontificaram em conseguir de alguma forma esse documento. Lógico que seria falso, mas feito pelas pessoas certas não levantaria suspeitas.

Independente disto eu quebrava minha cabeça para encontrar uma maneira de manter Simão conosco. Caso não encontrasse nenhuma maneira para que ele ficasse na casa dos meus avós, tentaria conversar com meu pai para levá-lo para nossa fazenda.

Naquela noite fui até os alojamentos dos negros na casa de meu avô e fiquei um bom tempo conversando com Simão. Conversamos sobre nossas vidas e nossos sonhos. Contei-lhe sobre o que tínhamos vivido em nossa fazenda e ele ficou fascinado. Seus olhos brilhavam com cada detalhe que eu lhe contava.

Em determinado momento ele começou a contar sobre sua avó. Ela havia sido capturada por caçadores de escravos e sempre teve o desejo de voltar para sua terra. Infelizmente ela morreu e não conseguiu realizar seu sonho. Ele começou a chorar ao lembrar da avó que, na verdade, tinha sido a sua mãe.

Simão contou que por inúmeras vezes ela descrevia o lugar onde tinha vivido antes de se tornar escrava. Essa descrição tinha ficado agravada na sua memória. Parecia que ele conhecia o lugar de tanto ouvi-la. E então começou a contar:

– Era um lugar muito bonito. Havia um morro muito grande, coberto por florestas, por onde passava um rio que desembarcava no mar, próximo dali.

Era muita coincidência. A descrição era a mesma que Muzú fazia de sua terra natal. Seria o mesmo lugar? Senti um arrepio da cabeça aos pés e, quase que instantaneamente, perguntei:

– Ela alguma vez lhe falou o nome do lugar?

– Às vezes ela falava na sua língua nativa e era meio difícil de entender. Porém, um dia o dono da fazenda estava furioso com os escravos e quando viu minha avó próxima a ele gritou: "Maldito vendedor de escravos, me vendeu o pior lote. Devia mandar vocês de volta para Angola".

Nesse momento senti algo estranho. Coloquei minha mão no bolso e percebi que a pedra de Muzú estava quente. Acho que estava progredindo na minha busca.

Sorrateiramente o destino estava ajudando a descobrir a origem daquelas pessoas. Resolvi prosseguir:

– Simão, você se lembra de alguma palavra da língua nativa

de sua avó?

Perguntei a ele:

– Sim, alguma coisa eu lembro.

A primeira que me veio na cabeça, eu falei.

– Você alguma vez ouviu ela dizer Urerê?

Ele pensou por um instante e falou:

– Acho que sim. Quer dizer "esperança", se não me engano.

Sentei na cadeira após ouvir aquilo. Deus havia me ajudado de novo. Colocou aquela pessoa em meu caminho para que eu pudesse ajudá-la e ela a mim.

O que às vezes num instante parece impossível, de repente se vislumbra à nossa frente, como o céu se torna azul onde há pouco era cinza na tempestade.

Despedi-me dele e fui para o meu quarto. Segurei outra vez aquela pedra, agora no intuito de tentar passar a felicidade que estava em meu coração ao meu velho amigo lá na fazenda.

Adormeci com ela em minha mão, com a certeza de estar na trilha certa.

Novos rumos

Com aquelas informações nas mãos comecei a minha busca de mais detalhes sobre a terra natal de Muzú.

Consegui conversar com alguns homens que tinham sido mercadores de escravos. Meus amigos me ajudaram neste contato. Fomos a um bar que eles normalmente frequentavam e os mercadores me passaram muitos detalhes. Alguns deles tinham participado de missões naquela região de Angola e conheciam os lugares.

Confirmaram as descrições com relação ao morro e ao rio que passava nas proximidades, e me forneceram alguns nomes das localidades.

Esses homens já não exerciam mais a atividade de mercadores de escravos, alguns por estarem com idade avançada e outros por adversidades da vida. Fato comum entre eles era o de terem perdido praticamente todo o dinheiro que ganharam nesses anos comercializando escravos.

Notava-se em determinados momentos da conversa que alguma coisa os incomodava. Alguns deixavam claro um certo remorso pelo que fizeram. As lembranças das atrocidades e maus tratos que eles tinham praticado aos negros, as inúmeras mortes nos navios devido às péssimas condições de higiene e das acomodações dos escravos nos porões dos navios os atormentavam.

Chegaram a desconfiar sobre as nossas intenções. Como já havíamos pensado nisso, dissemos que, a pedido do governo, estávamos traçando as rotas mais utilizadas pelos navios negreiros, pois deveria ser criado um imposto sobre estas embarcações. Este argumento de certa forma os convenceu.

Enquanto meus amigos me ajudavam também nas perguntas, um detalhe me chamou a atenção. Numa mesa no fundo do bar estava sentado um homem. Sua aparência era deprimente: as roupas estavam desgastadas, a barba muito comprida e à sua frente estava uma garrafa de aguardente, quase vazia.

Ele tomava compulsivamente aquela bebida, com o olhar fixo na garrafa. Perguntei a um deles quem era aquele homem, e ele me respondeu:

– Ele se chama Bartolomeu. Foi um dos maiores mercadores de escravos. Ficou assim desde que perdeu seu filho, isso já faz uns dois anos.

Levantei-me e fui até onde ele estava. Sentei próximo à sua mesa e o cumprimentei. Ele não me respondeu e continuava com o olhar fixo na garrafa.

Fiquei meio sem graça. Aquele silêncio era constrangedor. Eu estava quase me retirando quando ele falou:

– Se meu filho estivesse vivo, teria mais ou menos a sua idade.

Meio sem saber o que lhe dizer eu perguntei:

– Gostaria de me falar sobre ele?

Pela primeira vez aquele homem me dirigiu o olhar, e começou a falar:

– Seu nome era Geremias. Passou a me acompanhar nas viagens onde capturávamos escravos quando completou dezoito anos. Fizemos várias empreitadas juntos. Na última delas eu voltei só. A viagem de ida até a costa da África foi terrível. Pegamos várias tempestades pelo caminho, era um mau presságio. Depois de vários meses chegamos ao nosso destino e começamos a capturar os negros por vários dias. Os porões dos navios estavam repletos de escravos.

Nesse momento ele virou de uma só vez o copo e tornou a enchê-lo, esbaforiu e continuou o relato:

– Quando estávamos voltando, após duas semanas, muitos negros haviam morrido, tivemos que retirar os corpos e jogá-los ao mar. Fizemos alguns escravos subirem ao convés para facilitar a ação. À medida que os corpos foram sendo jogados no mar, os tubarões infestaram a região. Meu filho tinha subido na guarda da embarcação para ajudar a vigiar os escravos e estava segurando nas cordas que prendem as velas. Eu estava gritando com os homens para que fizessem rápido aquele serviço. Corri meu olhar até o outro lado do convés onde estava Geremias. Naquele momento um vento forte sacudiu as velas da embarcação e arremessou meu filho para longe. Ouvi o seu grito e o barulho do seu corpo caindo no mar. Corri em desespero entre os escravos até a lateral do barco.

Nesse momento ele entornou outro copo da bebida garganta abaixo. Parecia que ele estava vivenciando tudo aquilo novamente. E continuou:

– Pude ver meu filho gritar e se debater em desespero. Os tubarões nadavam a sua volta. Gritei para que lhe jogassem uma corda. Todos no convés entraram em desespero e a maldita corda não aparecia. De repente vi um escravo tomar das mãos de um de nossos homens o pedaço de pau que usávamos para bater nos negros. Ele subiu na guarda do barco e se atirou onde estava meu filho. Ele ficou do lado de Geremias e começou a golpear com o pau os tubarões que se aproximavam para atacá-los. Finalmente a corda apareceu, desenrolamos e a jogamos no mar para que eles pudessem pegá-la. Mas havia muitos tubarões. O escravo foi abocanhado por um dos grandes e levado para longe. Mesmo assim continuou a golpear o monstro, até sumir na águas profundas. Meu filho tentou nadar até a corda. Ele tinha tomado muita água e estava esgotado. Vários tubarões o atacaram ao mesmo tempo e só pude ouvir o seu grito: "Pai, não deixem que me levem" e ver o seu corpo sumir nas águas vermelhas, tingidas pelo seu sangue.

Nessa hora ele tomou a última dose da garrafa, fez uma pausa e continuou:

– O que eu tinha de mais precioso o mar acabara de tirar. Meus companheiros levaram os escravos de volta ao porão. Eu fiquei horas debruçado no guarda corpo do barco, olhando as ondas. Perdi a noção do tempo. Chorei como uma criança, até não ter mais lágrimas para derramar. Olhei para o céu e ofendi a Deus de todas as maneiras que eu podia. Depois de algum tempo começou a escurecer, comecei a sentir frio e o vazio da minha alma. Era como se mais nada me importasse ou fizesse alguma diferença. Nessa hora eu me lembrei daquele escravo. Por que ele havia pulado nas águas infestadas daquelas bestas sanguinárias e tentado salvar Geremias?

Bartolomeu olhou para a garrafa vazia. Fez sinal ao dono do bar e ficou aguardando que ele lhe trouxesse outra bebida. Somente depois ele voltou a falar:

– Não entendi o motivo que levou aquele negro a entregar a sua própria vida, tentando salvar um dos homens que só tinham feito mal a sua gente. Se tinha alguém que deveria ter pulado nas águas, esse alguém era eu, e não o fiz. Senti-me um lixo, e fiquei a noite toda remoendo tudo aquilo, sentado no convés. Quando os primeiros raios de sol apareceram eu tomei uma decisão: faríamos a volta e soltaríamos aqueles negros novamente onde nós os havíamos caçado.

Num gesto que na hora eu não entendi muito bem, eu coloquei minha mão no bolso e segurei firme a pedra de Muzú.

Bartolomeu continuou:

– Quando os primeiros homens surgiram no convés eu lhes comuniquei minha decisão. Eu comandava os que eram responsáveis pela captura e entrega dos escravos. A embarcação pertencia ao capitão Lemos e tinha também sua tripulação. O capitão não concordou com minha decisão e muito menos meus homens, pois deixariam de receber o pagamento pelos escravos. A mim nada mais importava, nem dinheiro, muito menos honrar compromissos de negócios assumidos. Eu só queria reparar meus erros e terminar com a minha vida, queria ir até onde Geremias estava.

Enlouquecido, eu pulei no pescoço do capitão e quase o enforquei. Os outros homens se atiraram sobre mim e me dominaram. Logo depois me trancafiaram numa sala com grades que havia no barco e me deixaram lá até o final da viagem. Só me soltaram quando chegamos no Brasil.

Nunca mais fiz outra viagem e todos me consideram um louco. Comecei a beber como um estúpido, querendo acabar com minha vida. Mas parece que Deus está me desafiando, e não me deixa morrer. Já entrei em muitas confusões e situações de perigo e nada sofri. Até parece que ele está me reservando alguma coisa.

Nessa hora algo me ocorreu e resolvi contar um pouco de minha vida para aquele desconhecido.

– De certa forma posso entender o que você está sentindo. Em nossa fazenda, há alguns anos, minha irmã estava doente e desenganada pelo médico da família. Estávamos desolados e sem saber o que fazer. Então recebemos a ajuda de um velho escravo e minha irmã se salvou. Tenho uma dívida de gratidão e um dia quero mandá-lo de volta à sua terra natal. Ele foi capturado em

Angola. Não sei corretamente o local, sabemos apenas que há um morro alto e um rio faz a volta em torno dele, até desembocar no mar. Mas um dia vou cumprir essa promessa e enviá-lo juntamente com sua filha e seu neto para lá.

Bartolomeu me olhou de maneira fria e falou:

– Esse lugar eu conheço. Era chamado de Morro das Lágrimas. Capturávamos muitos escravos nesse local e demos esse nome pelo fato de os negros chorarem muito quando eram capturados. Foi dali que saímos, quando meu filho morreu.

Resolvi arriscar e disse:

– É por isto que estou aqui. Preciso encontrar alguém que me ajude a levá-los de volta. Preciso de uma pessoa que conheça o caminho. Você não aceitaria fazer isso? Eu lhe pagaria muito bem, porém preciso manter isso em segredo.

Ele virou mais um copo de aguardente, de uma só vez. Passou o punho na boca como se fosse um guardanapo e resmungou:

– Deus está sendo tinhoso comigo. Agora entendo o que ele está querendo. Nossas diferenças devem ser tiradas naquelas águas. Vou aceitar essa missão, mas não tenho barco e duvido que alguém nestas paragens me leve a algum lugar. Minha reputação está péssima.

– Deixe que eu cuido disso. Quando conseguir organizar tudo, volto a procurá-lo. Porém preciso que você esteja bem de saúde. Essa quantidade de bebida vai acabar prejudicando-o.

Bartolomeu me olhou com um certo desprezo e sorriu, dizendo:

– A minha hora ainda não chegou, sei disso. Deus vai me levar para um confronto em outro lugar, não aqui. Vou esperá-lo, com uma garrafa ao meu lado. Quem sabe se eu levar esses negros de volta não terei a minha alma em paz novamente.

Despedi-me dele e fui saindo. Antes de sair fui falar com o dono do bar, sem que Bartolomeu notasse. Tentei argumentar sobre a quantidade de álcool que ele estava ingerindo e como ele conseguia pagar as despesas.

O dono do bar me olhou fixamente e disse:

– Meu bar prosperou pelo fato de Bartolomeu frequentar aqui e sempre trazer seus homens e amigos para cá. Enquanto eu estiver com as portas abertas vou servir quanto ele quiser. Ontem ele pagava, hoje eu retribuo o favor.

Fiquei meio sem graça e perguntei onde Bartolomeu morava. Ele disse que Bartolomeu costumava vagar pela cidade e quando não encontrava nenhum lugar para passar a noite, voltava ao bar para dormir num cômodo que havia nos fundos.

Agradeci as informações, chamei meus amigos e nos retiramos. Eu tinha dado um grande passo para cumprir a minha promessa, mas ainda havia muito a se fazer.

Estava conseguindo montar meu quebra-cabeça. Agora o difícil seria encontrar uma embarcação que os levasse até lá. E que não fossem feitas muitas perguntas. De qualquer forma, estava convicto de que Bartolomeu seria o homem certo para esse empreendimento.

Guantú colheu o seu fruto

Os meses se passaram e estávamos próximos do final do ano. Meus pais tinham vindo a São Paulo. Ficaríamos juntos no Natal.

Já há algum tempo meu pai apresentava uma tosse que o incomodava muito. Com certeza, o fato de ele ter fumado por longos anos tinha contribuído para esse quadro. As crises o deixavam com dificuldade de respirar e cada vez estavam ficando mais prolongadas.

O dr. Willianson estava medicando-o, mas os efeitos eram mínimos. Já na última vez que nos encontramos eu comentei com meu pai para que ele pedisse a Muzú algum tipo de preparado.

Ele me contou que havia utilizado algumas ervas que Muzú lhe indicara e também tomado um tipo de chá, mas não tinha sentido grandes melhoras.

Estávamos na véspera do Natal. Enquanto minha mãe e minha avó cuidavam do preparo da ceia, ficamos sentados na sala conversando. Contei a meu pai minha intenção de mandar nossos amigos de volta a Angola, e também os detalhes da minha procura em encontrar um meio de fazer isso.

Ele, como de costume, explorou todos os pontos onde poderia haver problemas nessa empreitada. Ficamos horas tratando desses detalhes. Meu pai se mostrou favorável à ideia, porém tinha um certo receio de que ao invés de ajudá-los poderíamos colocá-los em grande perigo.

– Valentino, você já pensou que poderia embarcá-los em um navio e no meio do caminho estes homens resolvessem vendê-los como escravos? Tentando ajudá-los, poderíamos estar mandando-os para a morte. Muzú já tem idade avançada, duvido que alguém teria a intenção de comprar um escravo nessas condições. Você tem que ter certeza e segurança para tomar essa decisão.

Não havia comentado com ele a respeito de Bartolomeu e achei melhor omitir esta parte, pois ele poderia ficar preocupado pelo fato de eu estar visitando lugares não muito indicados.

Comentei também sobre Simão e tudo que havia ocorrido, falei do elo de ligação das informações transmitidas pela avó dele e o local de origem de Muzú. Ao ouvir sobre as coincidências que o destino resolveu cruzar, meu pai aprovou a minha ideia e concordou também que Simão fosse viver em nossa fazenda. Ter a aprovação de meu pai foi determinante para que eu mergulhasse fundo neste objetivo.

Depois de algum tempo de conversa, tomamos um café e fomos à varanda para relaxar um pouco. Meu pai teve uma crise de tosse e, ao deixar o lenço à frente de sua boca, vi que havia sangue nele.

Fiquei ao seu lado até que a crise diminuísse. Depois lhe perguntei:

– Há quanto tempo o senhor vem expelindo sangue quando tosse?

– Há mais de um mês, mas não conte nada a sua mãe. Não quero estragar o Natal, nem tampouco deixá-la preocupada. Isso vai passar.

Aquilo me deixou angustiado. Era visível que seu estado de saúde estava cada vez pior. Eu não sabia o que fazer.

Fomos então nos preparar para noite de Natal. Fiquei em meu quarto pensando em tudo aquilo e chorei muito. Segurei o tempo todo a pedra de Muzú em minhas mãos e pedi a Deus por meu pai.

Durante a ceia meu pai estava ótimo, muito disposto, rindo muito e fazendo juras de amor à minha mãe. Não era muito comum ele fazer isso na frente de outras pessoas, apesar de serem meus avós.

Participei com entusiasmo de suas brincadeiras e cantorias, porém, em determinado momento, senti um arrepio na espinha, um sentimento ruim. Fui ao encontro dele e lhe dei um forte abraço. Não pude conter as lágrimas. Ele me olhou e falou:

– O que há, filho? Estamos tão alegres! Por que as lágrimas?

– Acho que é o espírito do Natal e a saudade que eu sentia de vocês – respondi meio sem graça.

Não sei como, mas eu sabia que este seria nosso último Natal juntos.

No almoço conversamos e meus pais comentaram que passariam o ano novo em nossa fazenda. Decidi que deveria acompanhá-los. Tinha algumas atividades por fazer, mas as aulas já haviam terminado e com certeza o chefe do escritório de advocacia poderia liberar-me alguns dias.

Minha irmã Júlia era muito ligada a meu pai. Nestes últimos tempos mais ainda. Como eu estava vivendo em São Paulo, todas as atenções de meus pais se voltavam a ela. Ele a chamava de "minha princesa" e ela se derretia em seus braços.

Notei que minha irmã estava muito emotiva. Talvez seu

coração soubesse o que a razão não queria entender. Comecei a conversar com ela, banalidades de nossas vidas e assuntos diversos. Em determinado momento, seus olhos azuis me fitaram e as lágrimas escorreram pelo seu rosto. Parecia uma boneca de porcelana que acabara de tomar vida. Ela me abraçou e soluçando falou:

– Papai está muito mal. Temo por sua vida. Não sei o que farei sem ele. Já pedi a Muzú que o ajudasse, mas ele não conseguiu grande feito.

Durante essa minha narrativa não cheguei a comentar muito sobre minha irmã. Júlia realmente parecia uma boneca de porcelana. Sua pele muito clara contrastava com seus olhos azuis e seus cabelos ruivos. Tinha uma vivacidade incrível, parecia um beija-flor, que não consegue ficar muito tempo parado.

Desde pequena, talvez pelo que ocorreu naquele episódio em que Muzú a salvou, ela demonstrava por ele um carinho e uma dedicação impressionantes.

Parecia que seus espíritos já se conheciam de longa data. A maneira que ela conversava com ele e suas brincadeiras me deixavam embriagados. Ela o beijava, fazia-o dançar e o chamava de vovô. Uma de suas brincadeiras preferidas era pegar uma flor do campo e espetar no cabelo de Muzú. Ele, por sua vez, sorria muito e ficava horas com aquela flor na cabeça. Ele a chamava de Narubi, que em sua língua quer dizer "luz do sol".

Estávamos todos preocupados com meu pai. Minha mãe também tentava se mostrar forte, mas vez por outra eu notava uma lágrima em seu rosto.

A nossa viagem de volta à fazenda foi muito cansativa. Tivemos que parar várias vezes para meu pai descansar. Seus pulmões estavam expelindo mais sangue agora.

Simão nos acompanhou radiante até nossa fazenda. Agora ele tinha um lar.

Ao chegarmos em casa, ele tomou um banho e conseguiu

dormir. Resolvi andar um pouco pela fazenda e rever meus amigos. A saudade era grande. Passei pelo pomar e parei um pouco diante da velha mangueira, abracei seu tronco como se abraça um velho amigo.

Despedi-me dela e parti em direção à vila. Chegando lá notei a casa de Muzú com a porta aberta, como de costume. Dei duas batidas na madeira e entrei. Lá estava ele, sentado em seu banquinho e com seu cachimbo.

Quando me viu se levantou e me abriu os braços, dizendo:

– Urerê!

– Quanto tempo, Muzú! Como está? E o pessoal como vai? – perguntei, dando-lhe um forte abraço.

– Estamos bem, e você, Urerê, como vai? Já está um homem feito. O tempo passa rápido.

Ouvindo nossas vozes, apareceram Guantamo e sua mãe. Com aquele seu sorriso iluminado ele me falou:

– Urerê, que bom ver você! Quanto tempo! Estávamos com muitas saudades. Sempre falamos de você.

Dei-lhe um forte abraço e um beijo no rosto de sua mãe.

– Guantamo às vezes fica em cima daquela árvore grande, falando sozinho – disse-me ela.

– Sabe que às vezes eu fico lembrando quantas vezes ficamos naquela velha mangueira tentando prever nosso futuro, e tenho saudades – falei num tom melancólico.

Muzú me tomou pelo braço, dizendo:

– Venha comigo, meu filho. Precisamos conversar um pouco.

Saímos de sua casa e começamos a caminhar. Com sua voz serena ele comentou:

– Senti o seu coração apertado, tem uma sombra cobrindo uma parte dele.

– É verdade, estou preocupado com meu pai. Sinto que ele está cada vez pior. Pedi para que ele o procurasse e pedisse sua ajuda.

– Ele me procurou, Urerê. Nestes últimos tempos seu pai e eu nos tornamos grandes amigos. Quase toda tarde ele passava por aqui ou mandava uma canoa de cavalos me pegar (era assim que ele chamava a carroça) e me levar até sua casa. Usei minhas folhas, mas nem tudo se pode curar. Cada um tem o seu tempo, e o de seu pai está acabando.

– É difícil ouvir isso, e não poder fazer nada.

– Seu pai está com o espírito quase totalmente iluminado. Logo deverá seguir o seu caminho. Sabe, muitas vezes que ficamos conversando ele me abriu o seu coração. Tinha preocupação e muitas saudades de você, mas sabia que a distância era parte do seu aprendizado e do dele também.

– Como assim? – perguntei.

– Seu pai é um homem muito bom e justo, mas tinha dificuldades em expressar o amor que sentia pela vida. Seu coração estava fechado, ele não conseguia abri-lo e distribuir esse amor. Você foi a chave que conseguiu abrir o coração dele. Tudo que aconteceu por aqui e mesmo longe foi fruto desta união de vocês dois. Lembre-se de que mesmo quando ele partir, essa corrente não será quebrada. Ele estará ao seu lado de alguma forma e você saberá quando. Deixe seu espírito voar também, da mesma forma que você sente o vento no rosto ou os pingos da chuva. Você vai saber quando ele está ao seu lado. Não duvide destas intuições.

Com um nó na garganta, dei-lhe um beijo no rosto e me afastei. Aquelas palavras não me saíam da cabeça, mas de certa forma tinham me aliviado um pouco.

Quando cheguei em casa encontrei Júlia na varanda. Ela estava chorando.

Tomei-a pelos braços e perguntei o que tinha acontecido.

– Papai está pior. Ele chamou e disse que está chegando o seu fim. Pediu para que eu tivesse força e ajudasse nossa mãe daqui para frente. Agora quer falar com você.

Saí em desespero. A sensação era estranha, era como se eu andasse na direção do quarto, mas não quisesse chegar. Cheguei no corredor e encontrei minha mãe e o dr. Willianson. O empregado tinha ido buscá-lo na cidade. Ela me encarou e disse:

– Ele está esperando você. Nada mais podemos fazer. E começou a chorar. O doutor a tomou pelo braço e a conduziu até a sala.

Respirei fundo e entrei. Era difícil ver meu pai daquele jeito, enfermo naquela cama. Desde pequeno me impressionava sua figura imponente e viril, que me passava muita segurança. E agora, o que seria de nós? Como tomaria as decisões? Com quem falaria?

Aproximei-me da sua cama, sentei ao seu lado e segurei sua mão. Ela estava muito gelada.

Ele abriu os olhos e falou:

– Oi, filho, não poderia partir sem lhe falar. Duas lágrimas rolaram dos seus olhos. Cuide da sua mãe e da sua irmã, mantenha a integridade da nossa fazenda e não deixe que nossos irmãos de cor sejam maltratados. Não desista do seu objetivo. Quanto a Muzú, faça o que for preciso.

Chorando muito eu lhe falei:

– Não pai, você não vai morrer, você vai ficar bom.

– Está chegando a minha hora, filho. Queria lhe dizer que aprendi muito com você, consegui lidar melhor com a razão e a emoção. Tenho muito orgulho de ter um filho assim. E me perdoe se não consegui expressar melhor o meu amor. Estarei sempre que puder ao seu lado. Você saberá quando. Seremos como a planta e a água. Você é a planta e eu sou a água que penetra na terra e você não a vê, no entanto, a raiz consegue absorvê-la e fazer a planta crescer. Agora me dê um abraço e um beijo e depois chame o doutor. Com sua mãe e sua irmã eu já conversei.

Dei-lhe um beijo e um forte abraço. Pedi a Deus que o tempo parasse e deixasse meu pai ali. Ele me segurou o rosto com as duas mãos e pediu:

– Vá, meu filho. E até um dia. Nós estaremos sempre juntos.

Saí dali com muita dificuldade e desci as escadas aos prantos. O doutor veio ao meu encontro, e eu disse-lhe que meu pai o chamava.

Minha mãe e Júlia estavam desoladas no sofá, amparadas por Rosa. Sentei-me ao lado delas, esperando pelo retorno do doutor.

Em pouco tempo ele voltou. Sua fisionomia dizia tudo.

– Já não há mais o que fazer. Ele faleceu – disse-nos o médico com os olhos cheios d'água.

Meu primeiro impulso foi de sair e avisar Muzú. Corri em direção à vila, quando notei uma claridade vindo da estrada. Parei e fiquei observando. Os negros vinham em direção à nossa casa com suas tochas acesas. Na frente estava Muzú.

Quando chegaram até onde eu estava ele falou:

– Guantú colheu o seu fruto. Eles querem dar o adeus a seu pai.

Sem saber o que dizer, eu concordei.

A cena seguinte ficou gravada na minha memória. Eles formaram um circulo ao redor da casa e começaram a cantar. A luz das tochas iluminou a nossa moradia, os cantos que pareciam um lamento de certa forma nos consolaram. O amor daquela gente por ele com certeza lhe abriria os caminhos por onde deveria trilhar. Eles ficaram assim até o dia amanhecer.

Na hora do enterro, para nosso espanto, quem disse algumas palavras em nome dos negros foi Simão. Com certeza, ele tinha conseguido captar os sentimentos de seu povo em relação a meu pai, e soube como exteriorizar isso.

Lembro-me apenas de algumas palavras dele:

– Não sabemos ao certo de onde viemos e para onde vamos quando nossa vida chega ao fim. A única certeza que temos é que todo o bem que fizermos nessa terra estaremos levando para a outra jornada que se segue, quando morremos. É como se tivéssemos que seguir um caminho escuro e desconhecido, apenas com uma tocha nas mãos. A intensidade desta chama é alimentada pelo que fizemos de bom nesta vida. Sendo assim, acredito que os sentimentos guardados em nossos corações estarão ajudando a iluminar os caminhos do barão de Castela na sua nova jornada.

Em seguida, alguns deles jogaram pétalas de rosas brancas sobre o caixão de meu pai. E começaram a cantar novamente em dialeto africano.

Muzú também proferiu suas orações e ficou o tempo todo ao nosso lado.

Em seguida, voltamos para nossa casa. É estranha essa sensação quando morre um ente querido. Enquanto se está velando o corpo, alimentamos um sentimento que vem lá do fundo de nossa alma, onde esperamos que Deus nos ouça e direcione sua luz divina sobre aquela pessoa e a faça voltar à vida. Ficamos olhando fixamente a procura de um sinal vital, uma respiração, o abrir dos olhos ou um movimento das mãos.

A real sensação de perda temos quando vemos a pessoa ser enterrada. Daí em diante passamos por uma dura adaptação; os pertences e as lembranças nos incomodarão por muito tempo. Nos primeiros dias, às vezes temos a impressão de que de repente ela surgirá novamente ou nos chamará para cumprir rotinas comuns, como tomar um café ou sentar na sala para conversar. Na verdade, cada um vai encontrar uma maneira de aliviar a sua dor.

Eu criei o hábito de conversar com meu pai, como se ele estivesse ao meu lado. Esta conduta me aliviou muito. E tenho a convicção de que muitas vezes ele esteve ao meu lado.

E a vida mudou meus planos

Com a morte de meu pai, a vida me pregou uma peça. Todos os meus planos de concluir a faculdade e me tornar um grande jurista foram por água abaixo. O seu pedido no leito de morte, para que eu conduzisse nossa fazenda, era mais forte que qualquer outra pretensão minha.

Estávamos agora no início de 1888. Eu já havia voltado às aulas. Era meu último ano de faculdade. Minha mãe estava dando continuidade aos negócios da fazenda. O irmão dela, que era advogado, tinha cuidado do inventário de meu pai e estava ajudando até que eu me formasse e voltasse a viver por lá.

Em maio viria a ocorrer um fato que mudaria a história do país para sempre. No dia 8 de maio de 1888, o Ministro da Agricultura, Rodrigo Silva, leu na Câmara dos Deputados o projeto da Lei 3.353 em nome da princesa regente e do imperador D. Pedro II.

No dia 13 de maio de 1888, um domingo, a princesa Isabel,

então regente do império, sancionou a referida lei, que ficou conhecida como Lei Áurea, e concedeu a liberdade imediata a todos os escravos existentes no Brasil.

A lei da abolição não previa nenhuma compensação para os proprietários de escravos e era de uma concisão exemplar. Constava de apenas dois artigos e estava assim redigida: "Art. 1o. É declarada extinta a escravidão no Brasil. Art. 2º. Revogam-se as disposições em contrário".

O passo mais importante havia sido dado: a efetivação da lei; porém, o pior estava por vir: fazê-la ser cumprida.

Esse acontecimento me deixou muito feliz, pois ficaria mais fácil mandar meus amigos para Angola. Não via a hora de voltar à fazenda e contar a eles o ocorrido.

Já haviam se passado vários meses e uma ponta de preocupação me surgiu. Será que Bartolomeu ainda estaria vivo? Ele seria a pessoa ideal para acompanhá-los nessa viagem, mas será que a bebida não o teria vencido? Tinha que confirmar isso.

Certa tarde voltei ao local onde o tinha conhecido. Procurei e não o vi. Perguntei ao dono do bar sobre Bartolomeu e a resposta foi que há vários dias ele não aparecia por lá, nem mesmo para dormir. Durante quatro dias eu repeti esta rotina, sem sucesso. Ele não havia retornado.

No quarto dia, sem uma resposta positiva, eu fiquei desolado. Agradeci e saí do bar. Dei alguns passos e sentei na guia da rua. Cheguei a chorar de desapontamento. Toda minha esperança apostada naquele homem tinha ido por terra. Comecei a falar sozinho:

– Deveria tê-lo procurado antes. E agora, como vou fazer?

Desconsolado, pedi a Deus e a meu pai que me ajudassem a encontrar uma saída. Não lembro quanto tempo fiquei sentado ali. Depois de refletir a respeito, resolvi ir embora.

Eu estava convicto de que jamais o encontraria. Resolvi não

mais alimentar essa ideia e pensar numa outra saída.

Caminhava pela rua mergulhado em meus pensamentos, quando de repente ouvi alguém gritar:

– E aí, almofadinha, desistiu daquela viagem? – Era Bartolomeu.

Não acreditei que o estava vendo novamente. A aparência era péssima, com a barba muito grande e as roupas em farrapos. Mas para mim parecia que eu estava vendo o próprio imperador. Corri ao seu encontro e o abracei. Ele, num tom irônico, falou:

– Cuidado, isso pode fazer mal à sua reputação.

Sem esconder minha alegria, eu disse:

– Puxa, há quase uma semana que venho procurá-lo aqui no bar. Por onde andou? Achei que tinha partido.

– Estava andando por aí. Consegui alguns trocados ajudando um velho amigo a reformar sua casa. Agora voltei, pois em nenhum lugar encontraria cachaça tão barata como no bar do meu amigo barrigudo. É quase de graça!

– Voltei para falarmos a respeito daquela viagem a Angola. Agora com a abolição dos escravos ficará mais fácil de conseguirmos isso.

Bartolomeu era muito direto e falava tudo o que pensava.

– Pobres coitados! Ainda vai demorar muito até que eles possam se considerar livres.

Ele de certa forma tinha razão. Como os negros poderiam sobreviver sozinhos se a maioria deles não tinha como voltar ao seu local de origem? Seriam anos de adaptação para que isso gradativamente fosse acontecendo. No entanto, a lei já existia e isso era muito importante.

– Acredito que sim, porém acho que será mais fácil de se conseguir embarcá-los em algum navio – respondi.

Segurando-me pelo ombro, ele sorriu e falou:

– Vamos entrar no bar. Estou com a garganta seca. Lá conversaremos a respeito.

Concordei e entrei com ele. O dono do bar, ao vê-lo, não escondeu a felicidade.

– Vaso ruim não quebra tão fácil. Pode se sentar que vou levar um copo de água.

E Bartolomeu lhe respondeu:

– Guarde a água para lavar esse chão do seu bar, que está imundo, pior que eu. Traga-me aquela cachaça que só o diabo consegue engolir.

Após Bartolomeu estar servido de sua cachaça, perguntei:

– Gostaria de saber se você vai aceitar levar meus amigos até Angola?

– Depende da sua oferta. Além disso, você terá que providenciar a documentação dos negros, para que eles não sejam confiscados no meio do caminho.

– Farei o pagamento a você em ouro, metade no embarque e a outra metade quando você voltar. Pagarei pelo trabalho quatro mil réis. Meu amigo escreverá uma carta quando chegarem ao destino, e você deverá me entregar a mesma para comprovar o sucesso da viagem. Aí eu lhe entregarei a outra metade do pagamento. Quanto à documentação, fique tranquilo que eu conseguirei, bem como um navio que os leve até aquela região. Você concorda?

– Você é muito esperto, meu jovem. Eu mesmo faria algo parecido se estivesse em seu lugar. Não confiaria muito em alguém como eu. Gostei da ideia. Eu aceito, além do mais tenho umas contas a acertar com aquele lá de cima. Ao dizer isso, Bartolomeu apontou para cima, referindo-se a Deus.

Suas palavras me tranquilizaram. Continuei então:

– Vou me empenhar em conseguir a documentação e uma embarcação que possa levar vocês. Assim que estiver tudo certo voltarei a lhe procurar e acertaremos os detalhes.

– Combinado. Vou pedir ao meu amigo Barrigudo que me reserve várias garrafas deste veneno. Preciso levar algumas comigo.

Bartolomeu se referia a cachaça, que ele tomava como se fosse água. Despedi-me dele e saí. Agora teria que correr contra o tempo e providenciar tudo. Estava contente, mas uma parte do meu coração ficou triste. Daria adeus aos meus amigos para sempre. No entanto, era o preço que eu teria que pagar.

Estava terminando meu curso na faculdade. Já havia me desligado do escritório de advocacia onde eu fazia meu estágio. Como eu já sabia que teria que conduzir a fazenda de meu pai, resolvi ocupar esse tempo finalizando os detalhes da viagem a Angola.

Já tinha em minhas mãos as cartas de alforria de meus amigos, bem como um documento comprovando que era de meu interesse a referida viagem. Com estes papéis eles não deveriam encontrar problemas no trajeto.

Restava agora conseguir a embarcação que os conduzisse até lá, com segurança. Vários amigos meus estavam empenhados em me ajudar e continuavam a procurar também.

Minha promessa seria paga

Passadas algumas semanas, Rodolfo, meu amigo de faculdade, filho de um grande mercador da capital, descobriu uma embarcação que passaria por aquela região da África. Com a ajuda de seu pai, ele havia conseguido que o capitão da nau God Hands os levasse a bordo até Angola. Engraçado, o nome do navio significava Mãos de Deus.

Fui conversar com o capitão e definir os detalhes da viagem. Seu nome era Thomas. Filho de ingleses, ele já havia percorrido todos os cantos do mundo. Combinamos os preços e ele me mostrou as acomodações. Era um navio mercante e não havia muito luxo, no entanto, era muito bem cuidado e limpo também. Fiz-lhe um pedido:

– Gostaria que as quatro pessoas ocupassem acomodações próximas. Estou disposto a pagar por isso.

Ele tentou argumentar sobre misturar negros nas acomodações junto com brancos, o que poderia provocar discussões. Comentei que haveria um branco junto com eles, o que tornaria mais fácil a situação.

Com este detalhe somado à quantia que lhe ofereci a mais, ele concordou. Deveriam partir em mais ou menos trinta dias. O motivo era esperar terminar a época em que ocorrem mais tempestades na costa africana.

Despedi-me do capitão, paguei-lhe um sinal e fui para casa. Agora tinha que ir à nossa fazenda buscar meus amigos.

Minhas aulas já haviam terminado. Estávamos agora organizando nossa formatura. Avisei meus amigos que estaria fora por alguns dias e retornaria o mais breve possível.

Fui ao bar e por sorte encontrei Bartolomeu por lá. Contei-lhe sobre a viagem e que tudo já estava certo. Aquele homem irônico e debochado, ao ouvir a notícia ficou estático. Talvez no fundo não acreditasse que eu iria concretizar aquele sonho. Encarou-me com um brilho nos olhos que até então eu não havia visto nele, e falou:

– Sabe, sempre achei que você não iria levar isto até o fim. Pensei que era um maluco como eu, em busca de algo que não conseguiria encontrar. Sinto como se fosse ao encontro de meu filho, Geremias.

Duas lágrimas escorreram pelo seu rosto. Confesso que tive que me esforçar para não chorar também. Tentando retomar a conversa, eu disse:

– Em duas semanas volto para buscá-lo. Fique preparado. Aguardaremos até a data do embarque na casa de meus avós. Portanto, se cuide e me aguarde.

Ele levantou-se para se despedir e notei que havia retomado seu ar brincalhão. Virou-se para o dono do bar e gritou:

– Barrigudo, pode preparar aquela minha encomenda para viagem. Meu amigo aqui acaba de me dar uma ótima notícia.

O dono do bar sorriu e balançou a cabeça. Despedi-me dos

dois e fui para casa.

No caminho comecei a refletir como a vida às vezes produz situações inusitadas. Pessoas com passados tão distintos estavam se aproximando e realizariam uma viagem que lhes traria paz de espírito. Eu também estava me beneficiando desta paz.

No dia seguinte voltei para nossa fazenda. Chegando lá, comentei a respeito com minha mãe e minha irmã e ambas também ficaram felizes. Notei os olhos de minha irmã se encherem de água, pois ela tinha uma ligação muito forte com Muzú.

Comentei que para mim também não estava sendo fácil, mas era o grande sonho daquele bom homem e eu tinha prometido um dia realizá-lo. Concordamos e choramos juntos.

Chegou então a hora de comunicar os meus amigos sobre os fatos. Caminhei até a vila. A casa, como de costume estava com a porta aberta. Dei duas batidas na madeira e fui entrando. Sabia que seria difícil me controlar, mas fiquei firme. Logo ele apareceu e me abraçou com um grande sorriso. Em seguida entraram Guantamo e sua mãe. Nó nos cumprimentamos e de repente um silencio pairou no ar.

Faltaram-me às palavras. Após algum tempo Muzú falou:

– Urerê está com o coração dividido. Muitas vezes, na vida, fazer o bem também nos fere. É como um pássaro que você cuida e depois tem que soltá-lo. Sentimos a sua falta, no entanto vimos a sua felicidade ao ter a liberdade.

Ao ouvir isso, recobrei meu controle e falei:

– Você tem razão. Consegui acertar a viagem de vocês e também alguém que os acompanhe até lá. O navio deverá partir em menos de um mês. Vocês deverão preparar suas coisas. Aguardaremos na casa de meus avós em São Paulo até a data do embarque.

Guantamo e sua mãe ficaram meio atônitos. Muzú, por sua vez, ficou muito feliz.

Tirei do meu bolso a pedra negra que ele havia me confiado e lhe devolvi:

– Tome, Muzú, ela me ajudou muito. Agora deve voltar ao seu dono e seguir com ele ao seu local de origem.

– No tempo que esta pedra ficou com você, parte dos seus bons sentimentos ficaram guardados nela. Um dia serão libertados em outras terras. São como gotas de chuva que o vento leva: podem cair numa terra seca e sumir rápido ou podem cair numa planta e ajudá-la a crescer.

Ele sabia como ninguém expressar a essência da vida em suas palavras.

Ficamos horas conversando e relembrando sobre nossas vidas e tudo o que passamos juntos. Antes de me retirar disse-lhes que ficaria alguns dias na fazenda a fim de resolver algumas coisas e depois partiria, levando-os comigo para São Paulo.

No dia seguinte fiquei envolvido nos assuntos da fazenda, reportados por minha mãe. A tarde, Guantamo veio à nossa casa nos avisar que a noite haveria uma festa de despedida para eles, e gostariam que estivéssemos lá.

Quando a noite caiu, fomos até a aldeia participar da festa. Era estranho pensar na fazenda sem Muzú. Desde pequeno lembro-me de sua presença. Era como a velha mangueira, difícil pensar na fazenda sem ela. No entanto, era um caminho sem volta, como cinzas que se lançam ao vento.

A homenagem foi muito bonita; os cânticos não paravam e todos vinham demonstrar seu carinho em relação a eles. Era bonito de se ver e comovente também.

Minha irmã, Júlia, como sempre fazia, colocou uma flor do campo presa nos cabelos brancos daquele velho sábio e lhe beijou a testa. Muito emocionada ela falou:

– Sentirei muito a sua falta. Sabe o carinho e gratidão que tenho por você. Não importa onde estiver jamais o esquecerei. E nem pense em me tirar das suas lembranças.

Ele sorriu, com a pureza de uma criança, e, segurando as mãos de Júlia, comentou:

– Depois daquela noite que você ardia em febre, parte de meu coração, passou a ser seu. Seu espírito tem uma luz muito bonita. Na hora certa você passará a dividir sua bondade com os pequeninos que precisam de cuidados. Siga seus impulsos, e lembre-se de que os laços do coração são eternos. Narubi, sempre que você fizer alguma coisa usando a sua luz, eu sentirei também. Não importa quão longe eu estiver.

Minha mãe também expressou sua gratidão e lhe agradeceu por tudo que ele nos fez.

Já era tarde da noite quando fomos embora. Antes de sair avisei-lhes que em dois dias estaríamos partindo.

Voltamos para casa os três de braços dados. A lua cheia deixava a noite muito clara e via-se o contorno da estrada como uma serpente prateada. A certa altura, uma rajada de vento tirou o laço do vestido de minha irmã e o jogou para trás. Ela e minha mãe voltaram para pegá-lo.

Nesse momento comecei a olhar entre os pés de café, a mais ou menos uns trinta metros, e vi um homem de terno branco que acenava para mim. Era meu pai. Corri como um louco ao seu encontro, mas ele desapareceu. Fiquei olhando ao redor e não o vi mais.

Neste momento minha mãe me chamou:

– Valentino, o que houve? Por que você saiu correndo?

– Não foi nada, mãe. Pensei ter visto um coelho, mas acho que me enganei. Resolvi não comentar com ela a respeito do que tinha visto.

– Você acha que conseguiria pegá-lo? Ainda mais à noite – disse Júlia, sorrindo.

– É, realmente acho que não conseguiria.

Não quis estender o assunto, no entanto tinha certeza de que tinha visto meu pai, e a sua aparência era muito boa. Isso me deixou aliviado.

Quase voltei para contar a Muzú, porém desisti, pois minha mãe com certeza acharia estranho eu voltar lá àquela hora da noite.

Fomos dormir, mas eu não conseguia tirar aquela imagem da minha cabeça. Adormeci pensando em meu pai. Como eu queria tê-lo alcançado e tê-lo abraçado novamente.

No dia seguinte acordei bem cedo e comecei a examinar junto com minha mãe os documentos da fazenda. Analisamos as medidas a serem tomadas futuramente. Notei que minha mãe estava ficando entediada com aquela nova função que lhe caíra nas mãos, e lhe prometi que logo estaria cuidando por completo da nossa fazenda. Pedi-lhe apenas um tempo para que eu pudesse encerrar minhas atividades na faculdade e pudesse retornar de vez ao interior.

O dia passou como um raio e somente à noite pude ir até a vila e conversar com Muzú. Contei-lhe o que havia acontecido na noite anterior com relação ao meu pai e como aquilo me deixou intrigado. Fumando calmamente seu cachimbo, ele falou:

– Às vezes os espíritos têm a permissão de aparecer para alguém. Pode ser uma pessoa que ele amava muito ou mesmo um desconhecido que de alguma maneira possa ajudá-lo. O fato de estar do outro lado não quer dizer que se desligou totalmente deste mundo; lá também é um aprendizado. Alguns conseguem fazer esta mudança sem problemas; outros precisam que ela seja devagar e que mantenham ainda por um tempo um contato com esse lado para poderem se desligar totalmente.

– Mas meu pai parecia estar muito bem. Foi isso que eu senti ao vê-lo.

– Sim, alguns espíritos estão mais adaptados que os outros,

podem ter passado mais vezes por essa "escola" e lidam melhor com tudo isso. Estes têm permissão para voltar algumas vezes e se apresentarem a quem os amava. Pode ser em sonhos ou da maneira como você viu. Mas nem sempre podem se comunicar diretamente como estamos conversando agora, pois você também teria que estar preparado para isso. Não sei ao certo o que facilita este encontro, talvez o bem que se pratica aos outros; ou o arrependimento e a humildade de se reconhecer que errou e pedir perdão; ou até mesmo a vontade de rever quem já partiu. As lembranças nos fazem bem, porém ficar se lamentando pelos cantos por quem já se foi pode atrapalhar do outro lado. Todos temos nossa hora de partir, e não adianta ficar tentando desvendar esse mistério, pois esse equilíbrio foge do nosso entendimento. Acredito que seu pai apenas quis lhe mostrar que ele está bem e feliz da maneira como as coisas estão acontecendo.

– É, acredito que sim. Fiquei muito feliz em poder vê-lo novamente. Espero que isso aconteça de novo – comentei aliviado.

– Urerê, pode ser que isso aconteça novamente ou não, nunca temos esta certeza. De qualquer forma, fique feliz. Isso prova que de alguma maneira você e seu pai ainda estão ligados por algum motivo, e só a vida vai lhe mostrar o que é, tudo a seu tempo. Faça como a folha que cai da árvore nas águas do riacho: deixe a corrente levá-lo ao seu destino e aproveite a beleza nesse caminho.

Essa conversa me deixou mais aliviado. Levantei-me e me despedi:

– Tenho que ir agora. Partiremos amanhã cedo. Suas coisas estão arrumadas?

– Não tenho muito o que levar, apenas algumas ervas, meu cachimbo, algumas roupas e minha pedra. O resto está dentro da minha cabeça e do meu coração. Levarei também um pouco desta terra, que foi uma bênção para o meu povo e para mim.

Saí de sua casa sorrindo. Essa ligação com a natureza às vezes fugia à minha compreensão, mas eu admirava muito.

Fui para casa terminar de arrumar minhas coisas. Minha mãe e minha irmã também iriam conosco, devido a minha formatura. Meu tio se prontificou a permanecer na fazenda até a nossa volta e a cuidar do que fosse necessário.

O sonho do meu velho amigo estava começando a se realizar.

O adeus se aproxima...

Na manhã seguinte estávamos prontos para partir. As malas estavam na varanda da nossa casa e aguardávamos por Muzú, Guantamo e sua mãe.

Uma coisa que eu admirava naqueles negros era a capacidade deles em expressar seus sentimentos. Para quase todo fato importante, feliz ou triste, eles encontravam uma música para cantar. Mesmo sem entender grande parte de seus cantos, a gente sentia na melodia o que seus corações queriam dizer.

Desta vez não poderia ser diferente. Começamos a ouvir as vozes entoando uma canção; todos os negros acompanhavam meus amigos nessa despedida. O fato interessante era que, na frente de todos, Simão trazia Muzú sobre seus ombros, como se fosse um santo num altar. Meu velho amigo estava muito emocionado, as lágrimas escorriam pelo seu rosto. Eu nunca o tinha visto chorar.

A admiração e o respeito de todos por ele era clara; impossível não gostar dele. Ele era, realmente, um ser iluminado.

Nós nos acomodamos nas charretes que nos levariam para São Paulo e começamos nossa jornada. A canção não parou. Muzú ficou acenando para seus irmãos de cor. Num gesto de respeito e gratidão, todos os negros ficaram de joelhos e lhe davam adeus.

Foi difícil conter as lágrimas. Nem mesmo os condutores das charretes conseguiram se controlar.

Aquele bom homem iniciava a viagem de volta às suas origens. Talvez não devesse ter saído de lá, mas se isso não tivesse acontecido, como teria sido a vida das pessoas daqui sem a sua presença? Minha família também foi iluminada por sua luz. São os desígnios de Deus que fogem à nossa compreensão.

A viagem foi cansativa, mas depois de quase dois dias chegamos à casa de meus avós e começamos a acomodar a todos.

Meus avós estavam com idade avançada e o tempo, além de nossas intervenções, tinha ajudado a moldar seus temperamentos. Não tinham mais aquela posição autoritária em relação aos negros e dependiam cada vez mais de seus cuidados. Eu já havia notado a vontade de minha mãe em vir morar com eles, pois eles não aceitavam a ideia de se mudarem para nossa fazenda. Era mais um detalhe que me aproximava ainda mais do pedido de meu pai.

Em poucos dias Muzú fez amizade com todos, inclusive com meus avós.

Minha formatura se aproximava. Certo dia, estava na faculdade cuidando de alguns detalhes com outros amigos, quando me veio uma ideia. Normalmente, numa ocasião destas, a gente gostaria que as pessoas mais próximas estivessem conosco. E por que não meus amigos negros?

Comentei minha intenção com outros colegas. Alguns acharam um tanto inusitado aquilo, pois não era comum a presença de negros neste tipo de recepção. Foi quando comentei:

– Se nossa faculdade foi tão atuante a favor da Abolição da

Escravidão, por que não deixá-los participar de nosso momento de glória, que é a conclusão do curso.

A maioria concordou. No entanto, acharam melhor que eu conversasse com nosso reitor, o dr. Carvalho, e eu fui.

Cheguei até a porta de sua sala e vi que ele estava compenetrado lendo um livro. Fiquei parado aguardando que ele me notasse. Passado algum tempo ele ergueu os olhos sobre os óculos e, percebendo a minha presença, disse:

– Entre, meu rapaz. Desculpe não tê-lo visto. Você está aí há muito tempo?

– Não, senhor. Poderíamos trocar umas palavras?

– Pois não. Sente-se e diga em que posso ajudá-lo.

Sabia que teria que usar a estratégia correta para não desandar tudo:

– Dr. Carvalho, todos sabem o empenho e a influência que nossa faculdade teve no processo da Abolição da Escravidão, correto?

– Claro, meu jovem, nossa missão é fazer justiça, não importa a quem seja.

– Exatamente. Com a aproximação de nossa formatura gostaria que meus melhores amigos participassem da cerimônia.

– Mas é claro, meu jovem, é o momento de glória para todo jurista. Você está mais do que certo. E qual o problema nisto?

– Acontece que meus melhores amigos são negros, e gostaria que estivessem aqui na minha formatura. O que o senhor acha?

Notei que ele começou a transpirar na testa. Pegou seu lenço e a enxugou.

Apesar do embaraço que eu lhe causei, sua atitude foi muito coerente:

– Embora não seja um fato muito comum, acredito que seria uma hipocrisia tentar lhe negar esse pedido. Se entramos na luta pelos direitos dessas pessoas e agora lhe fecharmos as nossas portas, não estaremos cumprindo nosso juramento de zelar pela justiça dos cidadãos. Pode trazê-los, eu lhe garanto que serão tratados com o maior respeito.

Levantei-me e me despedi:

– Fico-lhe muito grato por estas palavras. Isso me deixa ainda mais orgulhoso em me formar em tão digna instituição. Obrigado.

Saí radiante e não via a hora de contar a novidade a todos lá em casa. Antes de chegar lá passei em nosso alfaiate e o levei comigo para que fizesse os ternos de meus dois amigos.

Chegando na casa de meus avós, pedi ao alfaiate que me aguardasse na sala. Contei a todos minha intenção. Muzú e Guantamo ficaram meio inseguros, mas logo os convenci de que seria uma honra para mim e eles concordaram.

Minha mãe e Júlia se prontificaram em arrumar um vestido para a mãe de Guantamo, pois ela tinha o corpo parecido com o delas e com certeza achariam algum naquele vasto guarda-roupa das duas.

Foi engraçado ver meus dois amigos nas mãos do alfaiate. Eles jamais tinham passado por isso. Pedi também que além do terno fossem providenciados dois pares de sapatos para eles.

Tudo foi uma grande diversão.

Enfim, chegou o dia da minha formatura. Meus amigos estavam irreconhecíveis naqueles trajes. Eles ficaram muito bem apresentados. A mãe de Guantamo também ficou muito bonita no vestido que minha mãe lhe emprestou.

Chegamos no salão nobre da faculdade. No início, causou um pouco de espanto nos demais a presença de meus amigos negros. Depois, como o clima era festivo ninguém mais se incomodou.

O dr. Carvalho proferiu um bonito discurso, ressaltando os direitos de todos os cidadãos, independente de raça, cor ou credo. Acho que de alguma forma acabei lhe inspirando no tema. Ele foi aplaudido em pé pelos presentes, durante muito tempo. Foi uma cerimônia muito bonita.

No momento em que recebemos nosso diploma e nos viramos para o auditório para receber os aplausos, olhei para nossa mesa e todos estavam radiantes comigo. Lá estavam meus avós, minha mãe e minha irmã, meus melhores amigos e pela segunda vez eu vi meu pai.

Ele estava em pé me aplaudindo e sorrindo. Meus olhos se encheram de lágrimas. Peguei o lenço e enxuguei meu rosto: quando olhei novamente, ele já havia desaparecido. De qualquer forma, ele tinha me deixado muito feliz.

Os dias se passaram e fui atrás de Bartolomeu. Achei melhor tê-lo conosco em casa e não correr o risco que ele desaparecesse novamente.

Cheguei no bar e cumprimentei o dono. Eu não sabia o seu nome e não tinha a intimidade em chamá-lo de Barrigudo.

Olhei para as mesas do fundo e avistei Bartolomeu. Quando me viu, abriu um sorriso e me acenou. Caminhei até lá e lhe falei:

– Vim buscar você. Em poucos dias o navio partirá.

– Como vai, almofadinha? Estou pronto, só falta o Barrigudo embrulhar minha encomenda e poderemos partir. Ele se levantou e foi falar com o dono do bar.

Senti uma ponta de tristeza naquele homem gordo com seu avental no meio da barriga. Bartolomeu passou a ser sua família há algum tempo.

Bartolomeu deu um forte abraço no dono do bar. Antes de sair, tomou mais um copo de cachaça. A garrafa estava pela metade. Ele se virou e disse:

– Barrigudo, guarde esta garrafa como está. Um dia voltarei para tomá-la.

Ele pegou o embrulho com suas garrafas e partimos. Seu

contentamento era visível, parecia uma criança a caminho da loja de doces.

Ao chegarmos eu o apresentei aos meus amigos:

– Este é Bartolomeu, ele conhece aquela região e irá acompanhá-los na viagem.

O primeiro a lhe estender a mão foi Muzú. Ao cumprimentá-lo, falou:

– A sua paz de espírito não tardará, meu amigo.

– Talvez. Aquele lá em cima deve me chamar para uma conversa. De qualquer forma vou levá-los até Angola. Fiz muitas viagens naquela região, no entanto não tenho boas recordações delas. Esta com certeza será mais tranquila. Protegerei vocês com a minha vida, se for preciso – disse Bartolomeu.

Era engraçado. Aquele homem que eu tinha conhecido num bar, um estranho, num estado deplorável, me parecia tão transparente. Duvido que alguém o levasse para sua casa. No entanto, eu não tinha a menor desconfiança em relação a ele; talvez nossas almas estivessem em sintonia.

Fui me deitar, pois no dia seguinte após o almoço deveríamos partir para Santos, de onde o navio partiria em pouco tempo. Guantamo depois me contou que Bartolomeu e Muzú ficaram conversando quase toda a madrugada. Parecia que já se conheciam há muito tempo.

A difícil despedida

No dia seguinte após o almoço, meus amigos se despediram de vez de meus familiares, pois somente eu os acompanharia até o embarque no navio.

Seguimos então até o porto e depois de várias horas chegamos. O God Hands ainda estava atracado. Nós nos aproximamos e notei o capitão Thomas andando de um lado para outro no convés. Gritei para ele:

– Olá, capitão! Estamos aqui!

Ele desceu a escada correndo:

– Achei que não viriam mais. Estamos prontos desde ontem. Partiremos logo pela manhã. Venham, vou lhes mostrar as acomodações.

Seguimos o capitão. Ele cumpriu o prometido e os alojou em camarotes próximos. Eles se acomodaram enquanto eu fui acertar o pagamento do restante da viagem. O capitão Thomas me informou que o navio deveria retornar ao porto de Santos em sete meses.

Eu precisava saber, pois teria que voltar até lá para pagar a outra metade a Bartolomeu. Metade do ouro já estava com ele. Dei uma quantia a mais para algum imprevisto. Achei melhor levarem ouro, assim seria mais fácil de comercializarem pelo caminho.

Voltei ao convés com meus amigos. Ficamos olhando o horizonte; os primeiros raios de sol começavam a surgir. A tripulação já começava a se agitar na embarcação.

Meu coração batia forte. Lutei tanto por isso e de repente uma tristeza me assolava. Provavelmente nunca mais iria rever meus amigos. Andei pelo convés e fui até a proa do navio, como se estivesse interessado em ver alguma coisa da embarcação. Segurando no guarda-corpo e olhando o mar, eu chorei. Deixei que toda minha mágoa viesse para fora. Aos soluços, tentei enxugar meu pranto e me controlar.

Foi quando eu senti uma mão no meu ombro. Era Muzú. Ele passou os dedos limpando meus olhos e me falou:

– Você lembra quando eu disse que eu só voltaria para minha terra se fosse por suas mãos? Então, esse dia chegou. Na primeira vez que eu o vi, ainda um menino, eu sabia que você era minha grande esperança. Watasi Urerê.

– Eu sei, lutei por isso com todas as minhas forças e consegui. Só que vocês passaram a fazer parte da minha família. É difícil dizer adeus.

– Esse velho amigo está chegando ao fim de sua missão. Quero voltar a minha terra e descansar nela. Jamais me esquecerei de você e de sua família, que tanto nos ajudaram. Lembre-se de nossos bons momentos e quando meu espírito estiver livre voltarei por aqui. Seu coração ainda tem muito para semear. Seja feliz.

Ele me abraçou e me beijou a testa.

Nessa hora pude ouvir o capitão Thomas gritar:

– Soltem as amarras, preparem-se para zarpar!

Fui então me despedir dos outros. Guantamo, com aquele seu sorriso, me abriu os braços e falou:

– Um dia uma cobra nos aproximou e jamais nos separamos. Contarei a todos e aos meus filhos sobre meu amigo branco que nos acolheu como sua família. Você nunca sairá da minha mente nem do meu coração. Você me ajudou a aprender a ler e a escrever. Um dia lhe mandarei uma carta, pode esperar. Obrigado, Urerê!

– Vá com Deus, meu amigo, siga seu destino do outro lado destes mares. Aprendemos muito nestes anos todos. Meu pensamento estará sempre com vocês. Estarei esperando por sua carta. Sejam felizes.

Despedi-me da mãe de Guantamo e agradeci o carinho dela para com todos nós. Faltava somente Bartolomeu. Ele ficou um pouco distante e eu fui ao seu encontro.

– Até breve, Bartolomeu. Cuide bem dos meus amigos. Sabe o que eles significam para mim. Boa sorte. Daqui a sete meses estarei por aqui para acertar com você a outra metade do pagamento.

E lhe estendi a mão para um aperto. Ele me encarou sério e esbravejou:

– Olha aqui, almofadinha, não quero choradeira comigo. Quando eu estava no fundo do poço você me estendeu a mão, confiou neste maltrapilho e ficou se preocupando comigo. Droga, você me deixou de coração mole e agora vou sentir saudades. Sabe, você é especial. Gostaria de ter um filho assim.

Ao invés de me dar a mão, ele me abraçou. Depois de um tempo ele me largou e se afastou, não deixando que eu visse o seu rosto. Notei que ele limpou os olhos e então gritou ao capitão:

– Vamos, capitão. Estamos perdendo muito tempo!

Era o seu jeito de lidar com as emoções. Despedi-me do capitão Thomas e desci a rampa. Os homens do navio a recolheram e içaram as velas. Lentamente o navio foi saindo. Fiquei acenando para eles. Depois me sentei no cais e fiquei ali até que o navio sumiu no horizonte.

Minha promessa estava cumprida. E uma nova vida me esperava.

Seguindo meu destino

Voltei para casa. Passei algumas semanas em São Paulo e depois fui para a fazenda. Minha mãe e minha irmã foram comigo, porém depois de um mês voltaram para ficar definitivamente com meus avós, que precisavam de mais cuidados agora.

Comecei a me inteirar das atividades da fazenda, mas não me esquecia de meus amigos. Toda noite passava horas sentado na varanda, olhava as estrelas e pensava:

– Será que eles também estão olhando para elas? Como teria sido a viagem?

Os trabalhos do dia a dia tomavam muito meu tempo. Simão agora era quase que um administrador da fazenda. Era muito capaz e tinha grande liderança sobres os trabalhadores. Comecei a gratificar os empregados pelos trabalhos e as crianças tinham escola à disposição. A fazenda prosperava, e a comunidade negra estava feliz também.

Providenciei para que todos tivessem suas cartas de alforria e dei toda a liberdade para quem quisesse ir embora. Felizmente ninguém quis partir. Ouviam-se muitas histórias de ex-escravos que tentavam se aventurar sozinhos e se davam mal. Eles agora tinham outro desafio pela frente: o reconhecimento por parte da sociedade da sua legitimidade como cidadãos.

Comecei a me sentir muito só naquele casarão. Nas minhas idas à cidade conheci Laura. Seu pai era dono do grande armazém local, onde comprávamos nossas provisões. Nós nos apaixonamos e começamos a namorar.

Os meses se passaram. Já estavam se completando os sete meses da partida de meus amigos. Logo eu teria que ir até o porto novamente a fim de saldar minha dívida com Bartolomeu.

Depois de uma semana fui para São Paulo. Esperei mais uns dias e fui até o porto de Santos. Nada de avistar o navio do capitão Thomas. Resolvi permanecer naquela cidade e aproveitei para fazer alguns contatos ligados ao mercado do café.

Somente depois de cinco dias é que o God Hands atracou no porto. Quando o avistei, corri ao seu encontro. Gritei pelo capitão que logo apareceu no convés. Ao me ver, fez sinal para que eu subisse.

– Olá, capitão, como vai? Como foi a viagem?

– Vou bem, obrigado. A viagem foi boa. Pegamos apenas pequenas tempestades, tivemos pequenas avarias.

– Onde está Bartolomeu? Preciso encontrá-lo.

– Meu rapaz, ele não voltou.

– Como assim, ele ficou em Angola? – perguntei espantado.

– Não exatamente. Está quase na hora do jantar. Venha comer conosco e lhe contarei o que ocorreu.

No jantar, o capitão me contou os detalhes da viagem. Estava a bordo do navio um mercador de fumo, que deveria entregar sua mercadoria numa das ilhas que eles passariam pelo caminho. Esse sujeito se chamava Aníbal e havia sido mercador de escravos. Vez por outra ainda praticava essa atividade, não no navio do capitão Thomas, que não concordava com esse comércio.

Bartolomeu o conhecia, segundo o relato de um dos tripulantes do navio. Quando estávamos próximos da ilha, Aníbal chamou Bartolomeu e lhe propôs:

– Que tal vendermos estes negros que estão com você? Não o velho, que não vale nada, mas para os outros dois tenho um cliente certo nesta ilha. Aí dividimos a venda. O que acha?

Bartolomeu ficou furioso, mandou que ele calasse a boca e sumisse dali. Aníbal não se deu por vencido e tentou acertar Bartolomeu quando este estava distraído. Seu amigo, o negro mais jovem, foi quem gritou para Bartolomeu, que conseguiu se safar do golpe e se atracou com Aníbal. Os dois rolaram pelo convés até que Bartolomeu dominou o mercador e colocou uma faca no seu pescoço. Se não fosse minha tripulação, Aníbal teria virado comida de tubarão. Foram precisos quatro homens para tirar Bartolomeu de cima dele.

Logo que atracamos na ilha ajudamos Aníbal a descarregar sua mercadoria. Disse que esperaria sua volta, mas não cumpri a promessa. Assim que pude, zarpamos dali seguindo para a costa africana.

– Mas onde Bartolomeu ficou? – perguntei.

– Depois disso não tivemos mais nenhum incidente e seguimos até Angola. Chegando lá, Bartolomeu levou seus amigos até o local que eles haviam falado. Ficamos dois dias atracados. Na manhã do segundo dia ele retornou e naquela tarde partimos de volta. Bartolomeu estava muito feliz. Até jantou conosco, bebemos uma garrafa da sua cachaça e as demais garrafas ele distribuiu entre nós. Achamos que estava bêbado, pois começou a falar que encontraria seu filho naquela noite.

– Mas o filho dele já morreu há anos – comentei.

– Eu sei – disse o capitão. – Depois do jantar fomos deitar e

Bartolomeu ficou no convés, disse que estava olhando as estrelas. O homem que faz a vigia noturna me contou o que se seguiu. Em determinada hora, Bartolomeu começou a gritar. Como tinha bebido um pouco, o vigia não deu muita importância. Suas palavras foram as seguintes:

– "Eu cumpri a minha parte, levei aqueles negros até suas terras. Você me trouxe até aqui e agora não aparece. Está com medo? Onde está Geremias? Quero encontrar o meu filho. Você sabe que eu mudei. Até arrisquei minha vida por eles. Não faça isto comigo! Me leve também!"

E o capitão prosseguiu:

– Segundo o vigia, uma tempestade se aproximou e começou a relampear muito. Pelos clarões ele pôde ver Bartolomeu de joelhos no convés a gritar:

–"Por favor, meu Deus, eu lhe imploro, me leve também!"

O mar começou a ficar agitado e o vigia começou a descer de seu posto no mastro principal. Foi quando ele ouviu as últimas palavras de Bartolomeu:

– "Obrigado, meu Deus! Estou ouvindo você, Geremias. Já estou indo, meu filho. Como eu senti a sua falta! Estou indo!"

– Em seguida o vigia escutou o barulho de Bartolomeu caindo nas águas agitadas. Gritou para a tripulação. Eu também ouvi e corri ao convés. Mas nada pudemos fazer. Naquela escuridão e com o mar agitado, era impossível de se encontrar alguém. Infelizmente ele não retornou.

– Ele enfim encontrou seu filho – suspirei

– Como assim? – perguntou o capitão.

– Nada, capitão, foi bobagem da minha cabeça. Agora tenho que ir. De qualquer forma obrigado por tudo. Espero nos encontrarmos novamente um dia.

Já estava descendo a rampa do navio quando o capitão Thomas gritou:

– Espere, meu jovem, quase ia me esquecendo. Naquela noite, antes do jantar, Bartolomeu me deu esta carta e me pediu para que lhe entregasse. E comentou assim:

– "Entregue para o meu amigo almofadinha quando o encontrar. E diga-lhe que achei o que procurava".

Peguei a carta, agradeci e fui para o hotel. Chegando ao meu quarto eu a abri para ler. Era uma carta de Guantamo e dizia o seguinte:

"Urerê, chegamos bem em Angola.

Seu amigo Bartolomeu realmente conhecia o lugar. Meu avô está muito feliz.

Bartolomeu é muito valente, chegou a brigar com um mercador por nossa causa. Espero que Deus lhe retribua por isso.

Um dia lhe escrevo contando como estamos por aqui. Urerê, não precisava se incomodar. Depois de tudo que você nos fez ainda mandar aquela quantidade em ouro. Muito obrigado, vamos tentar comprar algumas terras com ele.

Bartolomeu nos entregou o ouro e disse que estava seguindo ordens suas.

Um abraço e até um dia."

Fiquei ainda mais surpreso com a atitude de Bartolomeu. Ele estava tão convicto de encontrar Geremias, que deu o ouro do seu pagamento aos meus amigos. Espero que sua alma tenha descansado e enfim encontrado a paz.

Dormi feliz em saber que meus amigos também tinham conseguido chegar bem em Angola.

No dia seguinte voltei a São Paulo e depois retornei à nossa fazenda. E os anos foram passando.

Minhas reflexões

Nossas vidas seguiram seus cursos como aquela folha que é levada pela correnteza do rio.

Depois de dois anos meus avós faleceram e minha mãe não quis voltar para a fazenda.

Minha irmã Júlia se casou com um industrial de São Paulo e levou minha mãe para morar com ela. Ficaram juntas por sete anos até que minha mãe morreu. Nós a enterramos em nossa fazenda, ao lado de meu pai.

Júlia começou um trabalho de ajuda a crianças carentes. Fundou um orfanato e dedica grande parte de seu tempo a eles. Ela não conseguiu ter filhos. Lembro-me de quando Muzú disse que ela ajudaria os pequeninos necessitados. Ele estava certo.

Eu me casei com Laura e temos três filhos: Cíntia, Rafael e Maria da Graça. Eles enchem nossa casa de alegria, brincam por toda a fazenda e com os filhos de nossos empregados.

Às vezes fico observando as crianças brincando e me lembro

de quando eu tinha essa idade. Sinto saudades. Se pudesse viveria tudo novamente.

O motivo dessas minhas lembranças é que hoje me chegou às mãos uma encomenda vinda de muito longe. Não sei quanto tempo ela levou percorrendo esse longo caminho. É uma carta de Guantamo, e juntamente com ela veio a pedra que Muzú tanto cuidava. Eles partiram há mais ou menos vinte e cinco anos.

Ela diz o seguinte:

"Como vai Urerê? Espero que estejam todos bem.

Passados tantos anos, ainda parece que foi ontem que saímos daí. Lembro-me com saudade daqueles tempos e dos bons momentos que vivemos. Você tem visto a nossa velha amiga, a mangueira? Sinto falta das nossas conversas em cima daquele galho. Quantas risadas!

Infelizmente meu avô faleceu. Ele viveu anos felizes por aqui. Sempre foi grato a você. Era engraçado ouvir ele contar para a as crianças da aldeia sobre um menino branco com um coração muito grande. Os olhinhos delas ficavam fixos nele quando ele relatava as histórias ocorridas na sua fazenda.

Pouco antes de morrer, ele me pediu que eu lhe enviasse essa pedra. Comentei que não tinha certeza de que ela chegaria, e ele me falou: – Mande, que eu cuidarei para que ela chegue às mãos dele.

Com o ouro que você nos deu conseguimos comprar umas terras e fundamos uma comunidade. Muito do que aprendemos aí nós ensinamos e praticamos por aqui.

Tenho dois filhos, Nagô e Valentino. Não é preciso explicar o porquê do nome do segundo. Minha mãe está muito velhinha, mas não se esquece de vocês.

Espero que esta carta chegue em suas mãos. Se não chegar, não tem problema. Todos os dias em nossas orações pedimos por vocês, e em nossos corações as lembranças não se apagarão.

Do seu amigo, com muita saudades, Guantamo."

Esta carta me emocionou muito. E a pedra, novamente ela cruzou os mares e está de volta às nossas terras e nas minhas mãos. Ela simboliza a luta e a obstinação de um homem sofrido, que passou por muitas adversidades e nem assim desistiu de seus sonhos. Conseguiu mobilizar outros em seus ideais. Quando me deixou a guarda desta pedra ele me contagiou com seu otimismo e a vontade de realizar um objetivo.

Às vezes, na vida, quando estamos esmorecendo, precisamos que alguém nos envolva em um sonho, um objetivo a ser alcançado. Alguém que nos dê a sua pedra para tomarmos conta, e nos faça perceber que podermos compartilhar nossos desafios com outras pessoas.

Segurando esta pedra, olho ao redor e vejo o meu mundo. Mundo que conseguimos construir com a ajuda de todos, bons, maus, brancos e negros.

Olho o terreiro de café e vejo pela terceira vez meu pai me acenando, mas hoje ele não está só: minha mãe e Muzú estão ao seu lado.

Esta é a minha história: tristezas, alegrias, lutas e sonhos.

Impressão:
Lis Gráfica e
Editora Ltda
(Guarulhos/SP)